"俄罗斯文学译丛"系

"金色俄罗斯丛书"平装版

青春复返

Возвращённая молодость

[苏] 左琴科 / 著

李莉 / 译

四川人民出版社

图书在版编目（CIP）数据

青春复返/（苏）左琴科著；李莉译. —成都：四川人民出版社，2021.8

（俄罗斯文学译丛）

ISBN 978－7－220－12298－9

Ⅰ.①青… Ⅱ.①左… ②李… Ⅲ.①长篇小说－苏联 Ⅳ.①I512.45

中国版本图书馆 CIP 数据核字（2021）第 102025 号

QINGCHUN FUFAN

青春复返

（苏）左琴科 著 李 莉 译

策划组稿	黄立新 张春晓
责任编辑	王其进
装帧设计	张迪茗
责任印制	祝 健
出版发行	四川人民出版社（成都槐树街 2 号）
网 址	http://www.scpph.com
E-mail	scrmcbs@sina.com
新浪微博	@四川人民出版社
微信公众号	四川人民出版社
发行部业务电话	（028）86259624 86259453
防盗版举报电话	（028）86259624
照 排	四川胜翔数码印务设计有限公司
印 刷	成都国图广告印务有限公司
成品尺寸	140mm×203mm
印 张	8.25
字 数	184 千
版 次	2021 年 8 月第 1 版
印 次	2021 年 8 月第 1 次印刷
书 号	ISBN 978－7－220－12298－9
定 价	49.80 元

致敬“金色俄罗斯丛书”译介团队，感谢所有参与者为传播俄罗斯文学、增进中俄两国人民文化交流而做的努力！

汪剑钊　丛书主编，北京外国语大学外国文学研究所教授，博士生导师。

张建华　北京外国语大学教授，博士生导师。

张　冰　北京师范大学俄语系教授，博士生导师。

赵晓彬　哈尔滨师范大学斯拉夫语学院副院长，教授，博士生导师。

杨玉波　哈尔滨师范大学斯拉夫语学院副教授，文学博士。

郑艳红　中国社会科学院文学博士，绥化学院外国语系教师。

张　猛　北京外国语大学外国文学研究所博士。

李　莉　北京师范大学文学博士，杭州师范大学教授。

顾宏哲　辽宁大学俄语系副教授，硕士生导师。

赵艳秋　复旦大学俄语系副主任，文学博士。

侯玮红　中国社会科学院外国文学研究所俄罗斯文学研究室主任，文学博士。

池济敏　四川大学外国语学院副院长，副教授，文学博士。

飞　白　云南大学外语系教授，浙江省比较文学与外国文学学会名誉会长。

黄　玫　北京外国语大学俄语学院教授，博士生导师。

杨晓笛　北京外国语大学博士，太原理工大学教师。

李玉萍　洛阳理工学院外国语学院教师，文学博士。

王立业　北京外国语大学俄语学院教授，博士生导师。

邱　鑫　黑龙江大学俄语学院文学博士。

郭靖媛　北京大学世界文学研究所博士。

薛冉冉　浙江大学外语学院副教授，博士。

温玉霞　西安外国语大学俄语学院教授，博士生导师。

潘月琴　北京外国语大学俄语学院副教授，博士。

余　翔　北京外国语大学外国文学研究所博士。

李春雨　厦门大学外文学院助理教授、博士。

董树丛　山东文艺出版社编辑，文学硕士。

冯昭玙　浙江大学外文系教授。

杜　健　北京师范大学俄语语言文学专业博士。

韩宇琪　北京师范大学俄语语言文学专业博士。

徐　琪　厦门大学外文学院教授，文学博士

徐曼琳　四川外国语大学俄语系教授，文学博士。

欢迎更多的译者加入“金色俄罗斯丛书”……

（按译作出版时间排序。）

四川人民出版社  文学出版中心

金色的“林中空地”（总序）

汪剑钊

2014年2月7日至23日，第二十二届冬奥会在俄罗斯的索契落下帷幕，但其中一些场景却不断在我的脑海回旋。我不是一个体育迷，也无意对其中的各项赛事评头论足。不过，这次冬奥会的开幕式与闭幕式上出色的文艺表演给我留下了深刻的印象，迄今仍然为之感叹不已。它们印证了一个民族对自身文化由衷的热爱和自觉的传承。前后两场典仪上所蕴含的丰厚的人文精髓是不能不让所有观者为之瞩目的。它们再次证明，俄罗斯人之所以能在世界上赢得足够的尊重，并不是凭借自己的快马与军刀，也不是凭借强大的海军或空军，更不是凭借所谓的先进核武器和航母，而是凭借他们在文化和科技上的卓越贡献。正是这些劳动成果擦亮了世界人民的眼睛，引燃了人们眸子里的惊奇。我们知道，武力带给人们的只有恐惧，而文化却值得给予永远的珍爱与敬重。

众所周知，《战争与和平》是俄罗斯文学的巨擘托尔斯泰所著的一部史诗性小说。小说的开篇便是沙皇的宫廷女官安娜·帕夫洛夫娜家的舞会，这是介绍叙事艺术时经常被提到的一个经典性例子。借助这段描写，托尔斯泰以他的天才之笔将小说中的重要人物一一拈出，为以后的宏大叙事嵌入了一根强劲的楔子。2014 年 2 月 7 日晚，该届冬奥会开幕式的表演以芭蕾舞的形式再现了这一场景，令我们重温了“战争”前夜的“和平”魅力(我觉得，就一定程度上说，体育竞技堪称是一种和平方式的模拟性战争)。有意思的是，在各国健儿经过十数天的激烈争夺以后，2 月 23 日，闭幕式让体育与文化有了再一次的亲密拥抱。总导演康斯坦丁·恩斯特希望“挑选一些对于世界有影响力的俄罗斯文化，那也是世界文化遗产的一部分”。于是，他请出了在俄罗斯文学史上引以为傲的一部分重量级人物：伴随拉赫玛尼诺夫第二钢琴协奏曲的演奏，普希金、果戈理、屠格涅夫、托尔斯泰、陀思妥耶夫斯基、契诃夫、马雅可夫斯基、阿赫玛托娃、茨维塔耶娃、布尔加科夫、索尔仁尼琴、布罗茨基等经典作家和诗人在冰层上一一复活，与现代人进行了一场超越时空的精神对话。他们留下的文化遗产像雪片似的飘入了每个人的内心，滋润着后来者的灵魂。

美裔英国诗人 T. S. 艾略特在《诗的作用和批评的作用》一文中说：“一个不再关心其文学传承的民族就会变得野蛮；一个民族如果停止了生产文学，它的思想和感受力就会止步不前。一个民族的诗歌代表了它的意识的最高点，代表了它最强大的力量，也代表了它最为纤细敏锐的感受力。”在世界各民族中，俄罗斯堪称最为关心自己“文学传承”的一个民族，而它辽阔的地理特征则为自己的文学生态提供了一大片培植经典的金色的“林中空地”。迄今，在这片土地上生根发芽并长成参天大树的作家与作品已不计其数。除上述提及的文学巨匠以外，19世纪的茹科夫斯基、巴拉廷斯基、莱蒙托夫、丘特切夫、别林斯基、赫尔岑、费特等，20世纪的高尔基、勃洛克、安德列耶夫、什克洛夫斯基、普宁、索洛古勃、吉皮乌斯、苔菲、阿尔志跋绥夫、列米佐夫、什梅廖夫、波普拉夫斯基、哈尔姆斯等，均以自己的创造性劳动进入了经典的行列，向世界展示了俄罗斯奇异的美与力量。

中国与俄罗斯是两个巨人式的邻国，相似的文化传统、相似的历史沿革、相似的地理特征、相似的社会结构和民族特性，为它们的交往搭建了一个开阔的平台。早在1932年，鲁迅先生就为这种友谊写下一篇“贺词”——《祝中俄文字之交》，指出中国新文学所受的“启发”，将其看作自己的“导师”和“朋友”。20世纪50年代，由于意识形态的接近，中国与俄国在文化交流上曾出现过一个“蜜月期”，在那个特定的时代，俄罗斯文学几乎就是外国文学的一个代名词。俄罗斯文学史上的一些名著，如《叶甫盖尼·奥涅金》《死魂灵》《贵族之家》《猎人笔记》《战争与和平》《复活》《罪与罚》《第六病室》《丽人吟》《日瓦戈医生》《安魂曲》《没有主人公的叙事诗》《静静的顿河》《带星星的火车票》《林中水滴》《金蔷薇》和《钢铁是怎样炼成的》等，都曾经是坊间耳熟能详的书名，有不少读者甚至能大段大段背诵其中精彩的章节。在一定程度上，我们可以说，翻译成中文的俄罗斯文学作品已构成了中国新文学的一个重要组成部分，成为现代汉语中的经典文本，就像已广为流传的歌曲《莫斯科郊外的晚上》《三套车》《喀秋莎》《山楂树》等一样，后者似乎已理所当然地成为中国的民歌。迄今，它们仍在闪烁金子般的光芒。

不过，作为一座富矿，俄罗斯文学在中文中所显露的仅是冰山一角，大量的宝藏仍在我们有限的视域之外。其中，赫尔岑的人性，丘特切夫的智慧，费特的唯美，洛赫维茨卡娅的激情，索洛古勃与阿尔志跋绥夫在绝望中的希望，苔菲与阿维尔琴科的幽默，什克洛夫斯基的精致，波普拉夫斯基的超现实，哈尔姆斯的怪诞，等等，大多还停留在文学史上的地图式导游。为此，作为某种传承，也是出自传播和介绍的责任，我们编选和翻译了这套“金色俄罗斯丛书”，其目的是进一步挖掘那些依然静卧在俄罗斯文化沃土中的金锭。可以说，被选入本丛书的均是经过了淘洗和淬炼的经典文本，它们都配得上“金色”的荣誉。

行文至此，我们有必要就“经典”的概念略做一点说明。在汉语中，“经典”一词最早出现于《汉书·孙宝传》：“周公上圣，召公大贤。尚犹有不相说，著于经典，两不相损。”汉朝是华夏民族展示凝聚力的重要朝代，当时的统治者不仅实现了政治上的统一，而且也希望在文化上设立标杆与范型，亟盼对前代思想交流上的混乱与文化积累上的泥沙俱下状态进行一番清理与厘定。客观地说，它取得了一定的成效，虽说也因此带来了“罢黜百家”的重大弊端。就文学而言，此前通称的“诗三百”也恰恰在那时完成了经典化的过程，被确定为后世一直崇奉的《诗经》。关于“经典”的含义，唐代的刘知幾在《史通·叙事》中有过一个初步的解释：“自圣贤述作，是曰经典。”这里，他将圣人与前贤的文字著述纳入经典的范畴，实际是一种互证的做法。因为，历史上那些圣人贤达恰恰是因为他们杰出的言说才获得自己的荣名的。

那么，从现代的角度来看，什么是经典呢？商务印书馆出版的《现代汉语词典》给出了这样的释义：1. 指传统的具有权威性的著作：博览经典。2. 泛指各宗教宣扬教义的根本性著作。不同于词典的抽象与枯涩，意大利著名作家卡尔维诺归纳出了十四条非常感性的定义，其中最为人称道的是其中两条：其一，一部经典作品是一本每次重读都像初读那样带来发现的书；一部经典作品是一本即使我们初读也好像是在重温的书。其二，经典作品是一些产生某种特殊影响的书，它们要么自己以遗忘的方式给我们的想象力打下印记，要么乔装成个人或集体的无意识隐藏在深层记忆中。参照上述定义，我们觉得，经典就是经受住了历史与时间的考验而得以流传的文化结晶，表现为文字或其他传媒方式，在某个领域或范围具有一定的权威性和典范性，可以成为某个民族、甚或整个人类的精神生产的象征与标识。换一个说法，每一部经典都是对时间之流逝的一次成功阻击。经典的诞生与存在可以让时间静止下来，打开又一扇大门，带你进入崭新的世界，为虚幻的人生提供另一种真实。

或许，我们所面临的时代确实如卡尔维诺所说："读经典作品似乎与我们的生活步调不一致，我们的生活步调无法忍受把大段大段的时间或空间让给人本主义者的悠闲；也与我们文化中的精英主义不一致，这种精英主义永远也制定不出一份经典作品的目录来配合我们的时代。"那么，正如沙漠对水的渴望一样，在漠视经典的时代，我们还是要高举经典的大纛，并且以卡尔维诺的另一段话镌刻其上："现在可以做的，就是让我们每个人都发明我们理想的经典藏书室；而我想说，其中一半应该包括我们读过并对我们有所裨益的书，另一些应该是我们打算读并假设对我们有所裨益的书。我们还应该把一部分空间让给意外之书和偶然发现之书。”

愿“金色俄罗斯”能走进你的藏书室，走进你的精神生活，走进你的内心！

奇文共欣赏（译序）

左琴科《浮雕·第35首》[1]

“看你们可怎么嘟囔？啊哈！”
他调皮地想到，并无恶意。
于是荣耀向这念头笑了笑，
于是谗言四起，无边无际。

刮起胡说八道的暴风雪——
公民骂骂咧咧语无伦次，
偌大一个文理不通之国
扎进流言，犹如鱼叉刺中鱼。

不可救药愚蠢和卑微的，
可能和不可能的庸人呵，

① 译自谢维里亚宁：《被遗忘的书》，莫斯科文艺出版社，1990年，P156。

你可怜又可笑到没道理！

多嘴多舌还总无所不在，
你掉臂于稠人广众之间，
那里的男人倒配得上自己的妻。

谢维里亚宁[1]
1927年

这是一本奇书。首先奇在文体。

1933年，左琴科用三个月完成他准备了四年的三部曲第一部——《青春复返》。苏联当时的大型文学杂志之一《星》对照他的写作速度，在当年第六、八、十期逐章连载。它讲述的是一位五十三岁的老者如何返老还童的故事。天文学家沃洛萨托夫教授年过半百之后迅速衰老，日子过得了无生趣。为了恢复健康和青春，他先是求助于医生，在不见病情好转，反而加重的情况下，他遍读医书，通过体育运动自救，结果颇见成效。与此同时，他认识了邻居的女儿，一个年方十九，有过五次婚史的姑娘，热恋使沃洛萨托夫精神焕发，如获新生，于是他离开木讷的妻子去跟姑娘同居，带她去克里木度假。然而好景不长，姑娘很快就厌了，移情别恋，沃洛萨托夫知道后旧病复发，脑溢血半身不遂。最后，老天文学家还是在接受党的教育、一心为革命积极努力的女儿的帮助下

① 谢维里亚宁（1887—1941），俄国白银时代著名诗人，立体未来派领袖，十月革命后流亡海外。——译者注

明确了思想，政治上的觉悟帮助他恢复了青春活力，在生活和工作中获得了真正的新生。

尽管左琴科在小说的第一章开宗明义，“这是一部关于一个深受疾病和忧郁症所累的苏联人想要恢复失去的青春的中篇小说”[①]，但是通读全篇，即便在今天，仍然能让人对小说的认知葆有刷新感。中篇小说讲故事的第一部分共三十五章，不过左琴科说了，要看故事须得从第十七章开始，前十六章则是对人的生理状况的细致分析和科学阐释；而中篇小说的第二部分由十八条注释和论文构成，篇幅较第一部分更长，内容却几乎与故事无甚关碍，全都是针对第一部分中提到的生理现象和观点所做的补充说明与论证，涉及的尽是医学范畴的心理和精神健康方面的问题。整体地看，局部的故事不再是小说的中枢，在形体结构上极不均匀，对固有的小说文体构成强硬突击。

其次奇在话题。

尽管中篇小说的文体结构在当时就让苏联文学界颇有微词，然而小说尚未面世便得到高尔基的赞赏，在他的大力推荐下，很快出了单行本，并在较短时期内连出三版。而且相比文学界的反应和读者群的轰动，小说意外地在科学界造成更大震动。这无疑是小说的话题所致。自人类诞生以来，长生不老、青春永驻便是亘古不变的愿景。《青春复返》属于真正意义的小说部分，仅占全作品篇幅三分之一的第十七至三十五章老天文学家青春复返的故事，触动的恰恰是人们的这根交感神经。据文学家楚科夫斯基在1934年1月12日的日记中记述当天遇到左琴科的

---

① 左琴科：《青春复返》，《青春复返　日出之前》，莫斯科消息出版社，1991年，P7。（以下引用的小说情节均出自该书）

情形，左琴科对他说："高尔基可是赞扬我的《青春复返》。因为他是个老人，而我的书里有长寿处方。这就是他喜爱我的书的原因。"[1] 当然，在人们的概念里，青春复返只能发生在神话和童话里，凡人要想永葆青春不是得吃太上老君的金丹，便是该喝魔女之厨的回春汤。可是小说中年过半百的主人公青春复返，无论折腾复颠簸的过程，还是日常且平常的方法，居然与魔幻仙侠都毫不搭界，这般人设及故事梗，反倒让人心生好奇。更何况左琴科在"科学文艺小说"的文体创新思路之下，借助对"生命机体""青春复返"的关注，纳入科学使艺术手法退居其次，科研的手段成为小说发展的主动力。问题的科学性，叙述的科研性，科学家们最为感兴趣的自然是小说中科学的那一半。作家在小说中对人的精神、心理方面独特的见解，诱人的"青春复返"的科学畅想，很使苏联科学家们兴奋，他们高度重视左琴科"因为没有经验而有勇气触动的问题"，其讨论之热烈引起全社会的关注。1934 年 3 月 26 日《文学报》将列宁格勒科学家关于《青春复返》的学术论争会冠以"胜利还是失败"题目加以报道，著名科学家巴甫洛夫还特别邀请左琴科参加他在科学之家主持的学术研讨会"星期三聚会"。中篇小说之奇由话里延伸到话外。

文体奇也好，话题奇也罢，喧嚣热闹背后，隐蔽着一个让人无法忽略，令人五味杂陈的"为什么"。须知左琴科既非现代神话写手，亦不是幻想小说家。自 1921 年发表树立其文学声望的《蓝肚皮先生纳扎尔·伊里奇故事集》开始，左琴科就寄意于时俗，对以日常生活中的小人物为主体的幽默文学情有独钟。将近十年，他写幽默小说倾尽全力打

---

① 多林斯基编：《左琴科：尊敬的公民》，莫斯科中央书局出版社，1991 年，P65。

造“左琴科式人物”这块金字招牌，通过沉沦的市井小民，浑浑噩噩的村夫民妇，不怕难为情、见利忘义的小商小吏，表里不一、自欺欺人、沽名钓誉的小文人，将生活中司空见惯的贪财、小气、划算、斤斤计较等普通人所共有的人性弱点放大，显现以此为驱动力的现象和行为因违反生活常情而致违背生活常理的可笑，因而被视为“最接近果戈里—契诃夫的传统”[①]，被誉为“开创苏联讽刺幽默散文的先驱”和“独特的喜剧小说的创造人”[②]。再加上为了秉承“在任何情况下，力求为苏联的大众读者写作”的创作宗旨，左琴科“不得不在语言上大费周章”，好让“所有人都看得懂（他的）作品”，[③] 他简化句法，强化口语的即兴感和随意性，造成啰唆、不通、破碎的效果，再加上新名词掺旧说法、雅词混俗语的杂拌式语汇，作家别出心裁攒出来幽默小说的另一块金字招牌“左琴科式语言”，跟“左琴科式人物”真叫是一等一的绝配。这助他成为在苏联妇孺皆知的幽默作家。整个 20 世纪 20 年代，左琴科的作品处于“热卖”状态，仅 1926 年他就有十七种作品集出版，从 1926 年到 1927 年，出书数量达 495 万册。“幽默的短篇小说迅速地使他广为人知。已经不是在小圈子内，而是在广大群众中间流传他的语句：‘请像填调查表那样回答’‘狮子狗品种的小狗’，等等，等等。‘左琴科式人物’在四五年的时间里变得如此家喻户晓，以至于被用来奚落人：‘你就是从左琴科那里出来的！就是那样的！’”[④] 左琴科本人亦颇以拥有众多的读者和对社会的影响力而骄傲，他曾说过这样的话：“假

① 叶尔绍夫：《左琴科》，《左琴科作品选·两卷集》，列宁格勒文学出版社，1978 年，第 1 卷，P4。

② 同上，P3。

③ 左琴科：《青春复返》，P165。

④ 斯洛尼姆斯基：《左琴科》，《回忆左琴科》，列宁格勒文学出版社，1990 年，P93。

如我知道普通读者对我感兴趣，我会很愿意把我的作品印在印数几百万的糖纸上。”①

这么一个如日中天的幽默小说家何以十年后文风巨变，转而去撰写这样一部“科学文艺小说”呢？对照左琴科的履历，哪怕是粗略地读，也不难发现，小说在某种程度上可谓作家的自我描述。且不说小说第二部分“注释与论文”中有左琴科本人的现身说法，即便是第一部分故事主人公的身上也分明映射着作家的影子，老天文学家的病状和求医问药的过程，大都是作家本人亲历之事。根据左琴科的自述，他从十八岁起就患上了抑郁症，忧郁跟他寸步不离；一战中他在前线瓦斯中毒，连带心脏出了问题；革命后的新生活和文学活动也没能使抑郁症如他所望有所减轻，抑郁仍然像“一种精神上的热病”蹂躏着他。在当时的作家圈内，左琴科的抑郁可谓人所共知，除了和善谨慎，他给人印象最深的恐怕就是楚科夫斯基记忆中“晦气、病态”的脸。1925 年 3 月 31 日高尔基在一封通信中还特别问到左琴科的健康状况。为此，他去看医生，尝试服药、水疗、休养、扎针、催眠等各种疗法，但都不见效，到 1926 年左琴科的抑郁症日渐加重，他差点因不能进食而丧命，苏联著名精神病学家波尔特诺夫曾回忆：“左琴科不时陷入沮丧状态……我毫不怀疑他得了周期性精神病，表现为情绪周期性地由正常状态转为严重忧郁。”② “左琴科的情况不妙……他处在精神错乱的边缘……”③ 左琴科意识到现有的药物治疗已无法祛除自己的病痛，或许是可以远溯到少年

① 托马舍夫斯基主编：《左琴科的面孔与面具》，莫斯科，1994 年，P175。

② 转引自古雷加：《理性必胜》，《左琴科作品选·三卷集》，P695。

③ 作家格鲁兹杰夫致高尔基的信，转引自薛君智：《回归》，社会科学文献出版社，1989 年，P19。

时代对自然科学的爱好，促使左琴科自救。在中学里，“只有两门功课我感兴趣，一门是动物学，一门是植物学。其他的都兴味索然。其实历史我也感兴趣，不过不是我们学的那本历史教科书。……我读了许多植物学的书，甚至还做植物标本。我有一个本子，里边贴着树叶、花朵和青草。”多年后，阿纳尼耶夫院士在浏览左琴科档案材料中的读书笔记后得出结论，左琴科所注意到的科学问题一直都是与自己时代的科学成果保持同步。他开始研究生理学、心理学和精神病学方面的书籍，进行自我分析，凭着自己的意志和理性，在没有医生帮助的情况下，出人意料地康复了。“左琴科恢复了，他快活了，他说是靠自己的意志克服了他的幻觉，甚至他的心脏病。”①

正是因为饱尝了多年的病痛折磨，在“精神错乱的边缘”几乎失去对生命的把握，才直接促使左琴科创作了《青春复返》。其实左琴科早在20世纪20年代的创作中就已经涉及这类话题了。不管是不是以医患内容为主题的作品，都可以时常看到生病治病的字眼。随着时间的推移，他对病痛的体验，特别是精神方面疾病的体验，在小说中愈加多见。因此，一旦找到言说方式，譬如《青春复返》，他便不惜照着自己的肖像来描画人物，一边从自己身上取材，一边演绎。

然而细读小说，左琴科创作《青春复返》似乎还另有一层用心。譬如，故事里一边对主人公的求医问药择其要删其繁，三言两语一笔带过；另一边却几次三番不厌其烦绘声绘色地描绘他与女儿因为对新社会新生活的认识分歧的争吵，面对进步女儿的指责，老天文学家自辩的说

① 作家格鲁兹杰夫致高尔基的信，转引自薛君智：《回归》，社会科学文献出版社，1989年，P19。

辞和理由，即便在今天看来也相当犯忌。至于其症结，叙说起来更直言不讳：虽然女儿强硬的态度、放肆的言语让父亲委屈愤怒，但他更“生自己的气，气自己迄今为止仍然无法接近某种确定的、明白无误的政治决策。一会儿，他觉得一切都是正确的、必要的和美好的，甚至是宏伟的。一会儿，一遇上过日子鸡毛蒜皮的琐事或者人际关系，又正好相反！他摆摆手说，这一切都是胡说八道，一个不存在的幻想。矛盾中，他真真切切地痛苦、不安，迫不及待要接近某种他并不遂心的决策。这种种矛盾破坏了教授仅存的健康。”[①] 再譬如，“注释与论文”中，凡遇到小说主旨长寿、青春时，左琴科就扎进历史的故纸堆中，不厌其烦地罗列一大堆或英年早逝或颐养天年的名人名家做比对。在追究普希金夭亡与歌德长寿的原因时，他认为，导致死亡的决斗之前，普希金已经是个被神经衰弱折磨得疲惫无力、痛苦不堪的病人了，因为“一系列的矛盾，政治与个人，涉及自己社会地位的双重关系，乱成一团的财产事务，还有改变生活的几乎不可能——离开首都，免得与朝廷争吵——这一切耗尽了诗人的力量，使他陷入上述身体状况，由此诗人开始到死亡那里寻找出路。或许在两种情况下，普希金有可能活下来。第一种——普希金拒绝政治上的犹豫，就像歌德那样，让自己成为朝廷的人；第二种——普希金与朝廷决裂并走向其对立面。”所以，“诗人所在的双重处境导致了他的夭亡。”[②] 至于歌德，“活到高寿，直到耄耋之年仍没有丧失创造能力。这个了不起的人是极少数活到八十二岁而仍未衰老的人之一……是的，固然在我们看来，歌德做了某些妥协。他不是去战斗，而

---

① 左琴科：《青春复返》，P47—P48。

② 同上：P85。

是成为一位出挑的宫廷大臣，将年轻时确定无疑损害了他的健康和个性的双重性彻底抛弃。”[①] 普希金做不来这样的事，就活不了歌德这般长寿。

作为一部中篇小说，《青春复返》最扎眼的，是一劈两半的科学与文艺，最多被人诟病的，是它“没有做到将科学与文学融为一体”。[②] 现在看来，如果按照左琴科提供的小贴士阅读，一劈两半真不是什么艺术缺陷，那原是互补的一句话分两处说；所谓的没有融为一体呈现的是两个面，或者确切地说，是互证的表与里。无论科学那一大半里，什么大脑调节与机体运转，什么习惯与惯性，什么能量转换与自我暗示，条分缕析的科学陈述，还是讲故事用的“左琴科式语言”的固有鲜活，仔细检索比对这两半，明眼人都看得出来，作家就是想说明或证明，揪心的故事和事件的症结就在思想矛盾，“矛盾给不了健康”[③]。而小说中展示的矛盾结果，或者说不正确解决矛盾的结果更令人惊悚：故事主人公中风了；普希金自杀了；“那些没有参与这种改造的人们，那些无论如何竭力保持他们的技能和旧日传统的人们，也就是我们谈及的那些过早老去的人们，他们全都遭了殃”[④]。言辞之决绝凛冽，渲染之细密严谨，甚至削弱了对“生命机体”的“青春复返”的关注，冲淡了故事主人公终于思想明确政治正确，在大变革的社会生活中“青春复返”结局的大义凛然。这使小说倒更像是作家的自我表达，甚至自我辩白了。联系左琴科在1928年5月23日写给幽默家克列姆列夫的信中所说：“我明白，我没有什么病，而只是心情……”从青年时代起就像阴云般笼罩着他的

① 左琴科：《青春复返》，P104。

② 莫尔达夫斯基：《左琴科创作概论》，列宁格勒苏联作家出版社，1977年，P147。

③ 左琴科：《青春复返》，P85。

④ 同上，P119。

抑郁实际上“渊源于纷扰的生活，渊源于社会性的苦楚，渊源于世界性问题”。所以，在医学意义上治好抑郁症的左琴科虽然“不再无端忧伤，然而心情不佳之类，当然直到今天还在所难免，因为其起因是外来的”[①]。如此，左琴科创作《青春复返》其实又并非尽是病患所致，因为他的“块垒”就结在此处所谓的外来起因，亦即左琴科身为喜剧作家行走的苏联文学江湖。

1921年左琴科参加由有良好教育背景的文学青年组成，主张“纯艺术”的文学团体“谢拉皮翁兄弟”，日后的创作表明，“兄弟”中大多数人选择了“深奥难解”的“高雅文学”，唯有左琴科选定了幽默文学，并很快脱颖而出，以其独特的“左琴科式幽默”享誉社会。然而恰恰是左琴科认定的这个能够最佳装载人生思考内容的新形式——幽默，却不期然使他堕入颇有些尴尬的文学语境。毋庸讳言，自喜剧诞生以来，陪伴它最久最忠实的就是对它的偏见。当亚里士多德根据不同的诗所固有的性质将其区分为悲剧和喜剧两种时，他对这两种诗作者的界定，不仅事实上起到间接贬损喜剧诗人的作用，还为后人定下了难以动摇的基调——喜剧作家充其量是“小桥头的逗笑者”而已。故而西方杂耍场里占据末座的，规定是凑份的小丑；中国传统戏剧中角色的排行固定是生旦净末丑，对于喜剧及喜剧艺术家的歧视，古今中外概莫能外。即便时至今日，倚靠方家智者经年累月的匡谬正俗，喜剧之不被歧视仍更多的只是停留在理论上。所以左琴科选择“同文学传统中低劣的东西联系在一起的”艺术形式——幽默，[②] 无异于将他自己在文学中的归属自愿复自

① 《左琴科：尊敬的公民》，P53。

② 左琴科：《谈谈我自己、评论家和我的作品》，《左琴科幽默讽刺作品选》，外语教学与研究出版社，顾亚玲、白春仁译，P347。

觉地定位在“高雅文学”的对立面，评论家不屑一顾的“低俗文学”上，这样的定位本身即便在“趣味无争辩”的正常文学语境下，就已经使他先天性地输掉了一半。形式主义大师什克洛夫斯基在发表于1928年的论文《论左琴科与高雅文学》里，虽然认为“低俗文学比高雅文学更鲜活”，因为，“左琴科在啤酒馆里传阅。在电车里。在硬席车厢的上铺上。”肯定一面的同时毕竟将左琴科的艺术归纳到“低俗文学”之列。[①] 甚至“兄弟”吉洪诺夫也认为：“……他的作品，确切地说，是他为之确定的形式引起了争论。毫无疑问，不能将他算作高雅形式的发明者。……左琴科有时转向‘低级’体裁……”[②] 1934年，在关于《青春复返》讨论的总结中，左琴科就提到：“在我从事文学的15年中，我与高雅文学格格不入。15年前我将最早创作的两个短篇小说投给《红色报》。当时文学部由克尼亚采夫负责（讽刺诗人，死于1937年）。我在‘邮箱’里得到回音：‘我们需要黑麦面包，而不是辣味乳酪’。我的作品被视为‘辣味乳酪’或者‘讽刺杂志文学’，在‘高雅文学’中没有它的一席之地。”[③]

如果说体裁选择属先天不足，那么题材问题在左琴科就是后天不良。如前所述，在当时的苏联文学界看来，左琴科遵从的是果戈里—契诃夫的幽默讽刺传统，这个说法虽然套路没错，但与“左琴科式幽默”却存在品质上的偏差。其实，不管是左琴科的主观诉求，还是创作的客观风貌，他追随的乃是白银时代文学界及社会上知名度赞誉度都极

---

① 什克洛夫斯基：《论左琴科和高雅文学》，《左琴科：论文与资料》，列宁格勒科学院出版社1928年，P17。

② 《左琴科的面孔与面具》，P176。

③ 《左琴科：尊敬的公民》，P67—P68。

高的幽默女作家苔菲。1919 年左琴科写过一篇关于苔菲创作的论文，他认为在苔菲大多数作品中，“可笑的不是人们荒唐的争吵，也不是漫画人物本身，可笑之妙就在她知心的小故事，在她荒唐可笑的语言中蕴涵的温婉的幽默和她对这些愚昧无知人确定不移的温情。”[①] 作家所言的“温情”，或曰幽默区别于其他喜剧艺术样式独有的标志——同情，恰恰成为辨识其幽默小说的标签。这是因为，左琴科在观察世界时虽然是从理性出发，但他所凭借的，不完全是伦理道德的理论理性，而多是来自日常生活的常识理性，这既让他清醒地认识到，“左琴科式人物”身上人性的缺欠，他有你有我也有，“几乎在我们每一个人身上都有小市民习气的影子和成分”，“几乎在我们每一个人身上都有小市民和私有者这种或那种本能”，[②] 故而“他在进行讽刺时，像一个热恋着一位丑女子的男人”；[③] 亦使他敏锐地观察到，在新的社会历史条件下，人们的实际生存状态与当时的社会理念之间的剪刀差，那些身处极低水平的物质生活的威胁与崇高政治义理的逼仄的夹缝之中的小人物，“地地道道的无产阶级”和“不纯粹的知识分子”[④] 的艰难又尴尬的处境。所以他不仅讽刺小市民习气，更是能与时俱进，揭示人性固有的缺陷在新时期的社会条件下的新形态，既暴露时弊，还活生生地反映出普通百姓生活之艰难，他之给予同情的背后，是更高一层的人道主义关怀。或许正因为如此，他的幽默小说才那么有市场，爱屋及乌，甚至他本人也赢得老百姓的尊敬和爱戴，他们向他吐露心声，找他排忧解难，用事实印证

---

① 左琴科：《苔菲》，《左琴科的面孔与面具》，P93—P94。

② 高尔基 1930 年 9 月 16 日致左琴科，转引自《一本浅蓝色的书》，百花文艺出版社，2000 年，靳戈译，P442—P443。

③ 左琴科：《论小市民习气》，1930 年，《左琴科的面罩与面孔》，P96。

④ 夏里亚宾：《面罩和心灵》，辽宁教育出版社，1999 年，田大畏译，P215，P249。

了左琴科“人民对文学抱另一种看法”[1] 的信念。

问题恰恰就出在题材和态度上。20 世纪 20 年代，雄踞苏联文坛掌握话语权的是人多势强的俄罗斯无产阶级作家联合会（简称“拉普”）。在“拉普”的意识里，苏联文学创作的任务和目的就应该一概描写革命大主题，表现革命的浪漫主义和英雄主义激情，其载体坚定不移地应该是高大全的正面人物。以此绳之，左琴科的幽默小说与“拉普”的准则失之千里，已经成为苏联幽默讽刺文学招牌的左琴科理所当然成为“拉普”“论争”的重点对象。“拉普”骨干楚曼德林认为，“左琴科开始谈论一般的人时，就从根本上犯了一个大错误”。“左琴科在反对小市民习气时，往往将小市民与我们这个时代的人混为一谈”。而“在我们国家处于巨大社会进步的时代将‘当代英雄’与小市民混为一谈是不正确的。小市民和市侩从未在革命中扮演过进步的角色”[2]。1927 年奥里舍维茨在《市侩的警钟》中就指责左琴科是“常见的普通的市侩”，说他是在“幸灾乐祸地挖掘、翻找人类的垃圾，恶毒地嘲笑着编织左琴科讽刺小说最阴暗的花纹”，[3] 将左琴科与“左琴科式人物”画上等号，给他扣上了“市侩”的帽子。1930 年共产主义学院文学、艺术、语言研究所编撰的《文学百科全书》第 4 卷中写道：“作家在讥讽自己的主人公后，并不与之对立，也没有比他们具有更高的见识。喜剧性的笑话的轻浮和缺乏社会性的前景，标志着左琴科创作的小资产阶级和小市民的烙印。”[4] 1933 年底出版的《苏联大百科全书》第 27 卷第 254 页上左琴

---

① 《左琴科的面孔与面具》，P175。
② 同上，P163。
③ 《左琴科的面孔与面具》，P149。
④ 转引自薛君智：《回归》，社会科学文献出版社，1989 年，P14。

科条目中也是这类的文字："左琴科作品的喜剧性，主要是短篇小说，是建立在小市民，或更多是小公务员在苏联环境中所经历的可笑的日常生活的趣闻奇遇上的。……但是表面而肤浅的可笑性，鲜明的社会前景的缺失使左琴科的短篇小说在相当程度上成为供市侩消遣的读物。"[①]（顺便提一句，这也就是为什么译者曾经刻意回避"左琴科式人物"一说的原因。）

更糟糕的是，左琴科笔下的人与事原本就是一体两面。正如鲁迅先生说："为讽刺作家所痛恨、所打击的那些卑劣的人物，正是那个丑恶的社会制度的普遍产物；他们的活动，他们之间的关系，也根源于那个社会制度。"[②] 左琴科也认为要消除人类生活中的苦难，只"改变哲学是不够的"，还必须"消除产生它的社会条件"。[③] 如果说左琴科的偶像苔菲的幽默小说因为翻出了封建专制的沙皇统治的罪恶和糟粕，因而得到列宁的首肯，高成低就，左右逢源，那么星移斗转，左琴科就没有这么好命了。场景转换，到 1927 年，所有在国外的白卫军出版社都"批发性地"出版左琴科"全部作品"，[④] 流亡巴黎的诗人霍达谢维奇在 5 月 5 日的《复兴报》上发表评论《"尊敬的公民"》，以左琴科《尊敬的公民》作品两卷集中 99 个短篇小说为参照，条分缕析其中反映的各种社会现象，言之凿凿云："作为风俗作家和目击者，左琴科是可以相信的：读者的直接印象，和我们从其他文献资料得来的对苏维埃生活的了解，最后还有个人的记忆都说明了这一点。凡是几年前见到过苏维埃俄

---

① 《左琴科：尊敬的公民》，P65。

② 鲁迅：《什么是讽刺?》，《鲁迅全集》第 6 卷，人民文学出版社，1982 年，P258。

③ 蒙博利特：《含泪的笑》，《回忆左琴科》，P225。

④ 同上，P175。

罗斯的人，很容易想象到她今天的生活正是左琴科笔下的样子，更确切地说，几乎是这样，因为，如同在所有的讽刺作家和幽默作家那里一样，在他笔下色彩更浓些了。然而毫无疑问，可以将左琴科视作苏联今日生活的写家。”他断言，左琴科的名字“将不会被遗忘，不会被抹去”。[①] 凡此种种，在楚曼德林看来，虽然“在白色刊物上转载这一事实尚不能确定一切，但对此仍不能视若无睹”。他认为左琴科以描写小市民习气为主的作品“抹杀了所有的社会关系，遮掩了我们发展的全部远景”。[②] 而左琴科愈是强调在他的幽默小说中，“没有作家”和“作家的虚构”，就愈加坐实其幽默小说所描写的现实与革命理想和社会主义远景失之千里，有给苏联新生活抹黑之嫌。左琴科故事里的描写尽是对当时的生活，甚至可以说是对“小人物”或“穷人”的全部生活的真实写照；故事中那些发生在电车上、筒子楼、公共厨房和大街小巷里的吵架斗殴、贪心吝啬等不一而足的细事，在左琴科自己说来，“没有点滴杜撰。一切都是赤裸裸的真实。工人通讯员的来信，官方文件和报纸的简讯，都是我的素材。我觉得，现在有很多人相当鄙薄作家的杜撰和想象。他们想要看到真正的、诚实的生活，而不是那种作家搭配出来的东西。”[③] 人物场景的双重错误，左琴科“政治上的不正确”[④]，在标志着“论争”达到高潮的1930年“拉普”作家关于左琴科的论争会上，楚曼德林做总结发言时明确表示：“在阶级斗争剧烈之时，谈论人道起码是奇怪的。……现在我们对自己的敌人采取的方针，比任何其他制度对待

① 《左琴科的面孔与面具》，P146。

② 同上，P172。

③ 安年科夫：《左琴科》，《回忆左琴科》，P311－P312。

④ 《左琴科的面孔与面具》，P163。

自己的敌人更残酷。而且我们采取这样的方针是完全正确的，因为在所有其他制度中是少数压倒多数，而在我们这里为了社会主义建设利益则是多数压倒少数。谁不顺从和改造就要消灭他。”有鉴于此，他就“必须具体地说明自己的打击，必须将自己对小市民习气斗争具体化，必须更鲜明地确立自己的立场”。[①] Это уже слишком（这就太过分了）！凌厉的批评已然不在文学论争范畴了。

一开始，左琴科还很坚持。他曾为自己辩解：“（我的短篇小说）不是反革命，只是我表现得比需要的更多。不过我不为自己辩解。我只想告诉您，我不是‘为满足白色刊物’写作，也不想，我实事求是地写。假如有时会任性的话，那是生活如此，而不是我。”[②] 关于革命，从俄罗斯文学研究所手稿部保存至今的一张 20 世纪 20 年代“革命对你的创作活动有什么影响”的调查表看，左琴科的回答，明白无误地反映出他的态度：“我以为，任何革命都使艺术质量变坏。生活方式和威信被动摇。前景不明，而且，革命作家从来就是无足轻重的艺术家。革命与艺术步调不一。革命总是妨碍艺术家。艺术家有时也妨碍革命。革命‘没有’妨碍到我个人。我采用的大部分是迫切需要解决的，过去的材料。况且，其他材料我目前尚未看到。……而在‘苏联文学’中不应将卑微的、迫切需要解决的主题视为格格不入。它对很多人有教益。它教会人按生活本来的面目去看生活，而不是用什么浪漫眼光去看。现在不需要浪漫。”[③] 关于“左琴科式人物”，他觉得，既然“这样一些人，这样一个阶层，在当今世界上仍然非常广泛地存在着”，那么在“新经济政策

---

① 《左琴科的面孔与面具》，P172。

② 左琴科 1922 年 1 月 16 日致沃隆斯基，《左琴科：尊敬的公民》，P37。

③ 格罗斯诺娃编：《左琴科：创作资料》（1），圣彼得堡科学出版社，1997 年，第 1 卷，P31。

和革命的高潮时期”表现卑微的思想，讲述渺小人物的生活琐事便无可厚非。更何况他本人“由于心理气质特别，生性幽默，所以专写普通的人：他生活得怎么样，干些什么，他渴望什么”。[①] 关于“左琴科式幽默”，1930 年左琴科与列宁格勒青年作家座谈，当有人问他为什么总是描写果戈里所谓“我们生活的不完美”时，左琴科答道：“为什么我不描写成就？这是因为我的体裁，即幽默作家的体裁不能兼而描写成就。这是其他体裁作家的事。”[②]

进入 20 世纪 30 年代，随着斯大林极权主义在文化方面的整肃和禁控，漫说“轻浮的”幽默，就连讽刺都须得“肯定”了。同时值得一提的是，到 20 世纪 30 年代，不仅是主流意识形态，有相当数量的普通读者对文学的要求也大大改变，在左琴科自己征引的一封读者来信里，年轻的女工程师写道：“我觉得，您所嘲笑的并不完全是必须嘲笑的。还没有成为过去的官僚主义、因循拖沓、破坏活动、不文明行为，这一切使我们的社会主义建设停滞不前，这才是您应该嘲笑的，而不是嘲笑已经过去了的、没人感兴趣的小市民的泥淖。如果要描写出自这泥淖的人，那就表明他后来的进步，他的改造。”[③]

左琴科的压力可想而知。“1931 年我离开列宁格勒很久，”楚科夫斯基回忆，“当我回来后碰到左琴科时，他的变化很令我吃惊。他苍白和消瘦得厉害。英俊的他仿佛黯然失色。我称赞起他的《感伤的故事》。他不友好地、阴沉着脸听着，而当我说到我特别看重这些作品丰富多样的心声，因此头脑简单、不谙世情、天真的读者无法理解这部书时，他

---

① 《丁香花开》，吴村鸣等译，漓江出版社 1984 年版，P253—P257。

② 《左琴科：尊敬的公民》，P590。

③ 《左琴科的面罩与面孔》，P95。

说他的小说坏就坏在这里，他恨自己的复杂，并且要花上几年时间做一个天真的、头脑简单的人。”[①] 所以才有了“科学文艺小说”《青春复返》；才有了合时宜的人物和主题；才有了进步、改造好了，不再矛盾的老天文学家的敞亮大结局。然而深层地看，当左琴科不再幽默地注视实际人生，锐意进行文体创新，将科学纳入文学时，他仿佛在有意无意之间仍然坚守着自己的“道”。如前所述，因为左琴科尝试着在小说里借机表白“自我”，借力找回“自我”，所以便有了果戈里的焚稿之论；便有了大把历史名人的罗列之笔；便有了与“改造”宗旨不尽一致的坚守“自我”的底蕴；便有了曲笔勾勒作家创作中的自我形象，开启通过自我描述和自我剖析来保存自我、把握自我的艰难心路历程。

话又说回来了，相比20世纪40年代而言，1928－1930年“拉普”的“论争”就太和风细雨了，故左琴科在《青春复返》里还能坦言，“这些问题……将涉及改造我们的全部生活与改造的可能性、资本主义和社会主义以及世界观培养的问题”，“源自当下生活的头等大事”同等重要的问题。[②] 按照他在小说中推崇的惯性，他的文学声誉在20世纪30年代末到达顶峰，1939年时任苏联最高苏维埃主席团主席的加里宁在克里姆林宫授予他劳动红旗勋章，出版社、报纸杂志还在争相发表他的新旧作品，甚至舞台和电台都在朗读他的小说。然而，继1943年三部曲的第三部《日出之前》遭到政治批判后，更过分的是，正当二战后左琴科满心期待，以为形势有所改观时，1946年，斯大林因为他发表在儿童刊物《穆尔济尔卡》上的一个幽默短篇小说《猴子奇遇记》，点

① 楚科夫斯基：《回忆录摘选》，《回忆左琴科》，P76－P77。

② 左琴科：《青春复返》，P8。

名威胁："……为什么我不那么喜欢左琴科？左琴科是无思想性的鼓吹手。……不是社会要按左琴科的意思改，而是他自己要改变。要是不改，就让他滚开。"[①] 紧跟着，杀一儆百式的政治谩骂和行政干预的"日丹诺夫报告"出炉，左琴科随即被作协开除，文学生涯就此打住。1953 年斯大林去世后，政局大变，重新加入作协的左琴科因为直言又得罪到赫鲁晓夫，招致 1954 年的第二轮迫害，"作家整日惶惶不安，这就等于他已经丧失了专业技能。"[②] 此后的左琴科已经彻底丧失了写作能力，"十五年来我已经习惯了我的枷锁，习惯了没有文学也能度日的想法。睡着时我已经不再像先前那样，整晚整晚地记挂它。"[③] 去世前的几个月，左琴科几乎不吃什么东西，临死前，万念俱灰的他说："该死就死。我已经迟了。"[④]

往事如烟。如今，小说生成的那个历史时段已尘埃落定。但是，回望作家小一个世纪之前在神经与心理方面疾病的文学猜想和医学探究，尽管小说发表之初就曾有人表示不满，说没有解决青春复返的问题，什么恢复青春的处方都没找到；尽管左琴科本人也申明并不想冒充内行，不讳言不大精通医学的门道，不完全分得清作家研究对象那些千变万化的细节，讨论中还夹七夹八了那么多"但是然而只不过，大概也许说不定"，然而小说所谈论的理性和意志能够缩短或延长人的生命，提出的恢复青春需要控制大脑和躯体的功能与惯性，体力锻炼的同时不应该拒绝自我暗示和生活目标设置等注意事项和治疗方案，不正是当下医学界

① 转引自萨尔诺夫、楚科夫斯卡娅：《左琴科的遭遇》，《世界文学》1995 年第 6 期，田大畏译。

② 左琴科 1958 年 2 月 11 日致楚科夫斯基，《左琴科的遭遇》。

③ 左琴科 1957 年 12 月 3 日致费定，同上。

④ 迈杰尔：《一个同时代人的见证》，《回忆左琴科》，P252。

愈来愈重视，甚至多多少少在实施的方法吗？设若思及它对下要筹算柴米油盐酱醋茶，对上要仰望琴棋书画诗酒花，期待着美好生活的我们的实践意义，对人类生存境遇的启示意义，真的应验左琴科为读者写此书的主旨。算下来，这应该就是《青春复返》的第三奇了。

在左琴科提供的治疗方案里，有一个处方是“遗忘”，建议当一个人被某个问题或某种记忆纠缠而沮丧时，应该采取的方法是“回避”和“逃走”。所以，“我不愿意再多想”，他在小说第二部分最后一条注释（他自己的履历简介）结尾说。不过不愿意想并不等于就不想。看到小说第一部分最后一章结尾，已经在建设社会主义的斗争中成为有用之人的老天文学家，偷偷地朝曾经的年轻恋人家那个方向张望时，不由让人轻轻叹息：“左琴科，你还真不受教啊!”

李莉

2019 年 9 月 26 日于杭州二不轩

目录
Contents

为中篇小说《青春复返》各章所做的注释和论文

第一章
作者致歉

这部中篇小说，讲的是一个苏联人被疾病和抑郁症缠身数年，于是便想着要让自己失去的青春复返。

结果呢？他做到了，方法简单而令人惊讶。

有人能使自己失去的青春复返！这件事的确值得在报章上大书特书。然而作者对此作品仍然不无畏怯和犹豫，这本书有可能会让我们遭人怨怼，让我们不好过。

哎呀，我们格外担心一类人，担心那个群体，就是从事医学工作的人。

这些人，喏，例如医生、医助、医士、救护车工作人员；还有，喏，譬如药店负责人和他们的妻子、亲戚、熟人跟邻居什么的；这些人，看到此书，其中内容一开始就会让他们想起自己的职业，这些人，毫无疑问，肯定是不赞成，也许甚至是敌视我们的作品的。

诸位，作者恳请您对我们的工作手下留情。而作者本人也一样，如果他碰巧读到什么中篇小说，或者短篇小说，是由某个医生，抑或该医生的亲戚，甚至于是他的邻居所写，那么作者保证也放他们一马。

作者请求这些人原谅，因为他干活的时候，有可能会像头猪那样，钻进人家的菜园子，有可能乱拱乱踩，恐怕还吃掉了人家的大头菜。

第二章
本书的独特之处

我们这部中篇小说此番与通常那些精巧的文学作品不大相似。它也不大像我们年少轻浮急于求成时，用幼稚笨拙的手写出来的文艺旧作。

不，一方面，它也可以称作文艺作品。它也会艺术地描写我们北方的自然景色，描写小河岸、小溪流和树林边；会有一个有趣的，甚至引人入胜的情节；也有主人公们复杂多样、情真意切的感受；而且还有这些主人公关于现行政策的效益、世界观、脾气性格的改造以及美好的未来等议论推想和自说自话的主张。

读者对书籍所期待的，此中应有尽有。他每每捧书夜读，还不是为了排遣他自己过日子的烦琐，借此渗入别人的生活，咂摸一下人家的感触和不一样的想法?

但这只是一个方面。另一方面，我们的书是一本全然不同的东西。是这样的，它是部科学作品，是一种科学劳动，它的叙述，的确简简单单，从某种程度上说，用的是杂乱无章的家常话，其措辞各种层次的人亦耳熟能详，人们既无须具备什么科学素养，也不需要什么勇气或者愿望，去知晓生命皮相的是是非非。

在这本书中提到的问题将会是复杂的，某种程度上甚至是超级复杂的，与文学相距甚远，对作者而言并不拿手。

这些问题，譬如寻找失落的青春、恢复健康、感觉的灵敏等诸如此类其他的东西；而且还将涉及改造我们的全部生活与改造的可能性、资本主义和社会主义以及世界观培养的问题；此外，我们还要谈论其他同等重要的问题，这些问题均是源自当下生活的头等大事。

第三章
这是部什么样的作品

那么，如果这不是一部科学著作，如果说科学院，或者科学工作者协会，征得市委和作家协会的同意，在书中找不到科学的迹象，或者找到一些迹象，但并不认为作者的水平足够掌握马克思列宁主义世界观，那么在此种情况之下，这本书的书名可以取得中性一些，这么说吧，不那么得罪人，以免刺激到个别公民和组织的视听。

姑且管此书叫作科教片吧。就让它像咱们银幕上的科教片似的，通通不是什么《流产堕胎》，就是《为何下雨》，或者是《丝袜编织》，再有就是《人与海狸的区别》等。此类有关重要的现代科学和生产题材的电影，非常值得研究。

因此，一如这些电影中所做的，一开始我们将进行科学推理，要用到杂七杂八的注脚，要引经据典，甚至还有能彻底解释事情本质的图表和条目。

唯其如此，当读者被别人的思想折腾得有点厌倦和沮丧了，才会获得一份趣味横生的阅读，它可是上述思想和推理看得见摸得着的例证。

当然，聪明人往往不耐烦，不习惯听命于人，况且聪明人，喏，比如说，不那么灵光，有点儿粗鲁，或者说格调不高，除了食品配给，他们对各种自然现象没多大兴趣，这些聪明人，理所当然会撇掉开头和注释，上来就看事件和是非，一下子，这么说吧，就要得到那份趣味横生的阅读。

那就从第十七章开始阅读吧，这样他们一点不吃亏。看看这个写某人不可思议的生活的真实故事，这个人就在我们当下，可以说是在唯物主义和生理学原理完胜的日子里，他让自己青春复返，从而具备了勇敢和幸福，能够与自然本身一较高下，或者就像革命前所说，与上帝本人一较高下。

第四章
作者对医学的爱

当然，作者不得不说，他自己这个人，喏，对医学问题一窍不通。也不是一窍不通，喏，不像每个蹄子都钉了掌那样完全精于此道，不完全分得清这门科学里那一个个零零碎碎的、千变万化的，往往乱得吓人的细节。而且，在讲述这个故事的过程中，作者将不得不涉及一些这样那样先进的医学问题，诸如神经衰弱、平衡失调、精力下降以及这些现象产生的原因等。

作者也不是完全不懂行。不是的，他一直在推想着什么。只不过，这个推想当然不是那么完全清晰确定。并非如此，就好比一个人半夜被叫醒，而他立马就能给你解释一切，在朦朦胧胧中告知一切：在哪里有什么，为什么会有，希腊语怎么说，什么是癌症，肾脏在动物腰的哪一侧，出于什么目的大自然为人类设置了脾脏，为什么，等等。其实，这个尴里尴尬，甚至有些微不足道的器官，被取了一个如此欠考虑的名称，明显贬低了人类本性所固有的伟大。

不，当然了，作者不是医生，他在这一领域的知识有限。虽然如此，作者从小就对医学有着浓厚甚至异常的兴趣，有一次甚至曾试图用各种家用化学制剂：碘、焦油、甘油、狗生病时吃的草，以及心理作用，给自己一个不那么要紧的亲戚治过病。这类治疗，必须说，有一次非常成功，且并非总是以这一个或另一个疏忽大意的亲戚遭受致命危险的结局而告终。

然而，不单是对自己的亲戚，而且是对所有人，作者都以毫不掩饰的好奇心观察之，跟踪他们身体每天的活动，以及谁活了多久，生什么病和因什么致死。什么是流感。什么是老年。为什么会衰老。为了延缓我们宝贵生命飞快地流逝，应该做什么。

于是，必须说的是，令人揪心的画面次第显现在作者惊讶的视线里。

第五章

揪心的画面

正如作者所注意的，三十五岁之前，人们活得还说得过去，他们在各自的领域工作，高高兴兴、随随便便地挥霍大自然给他们的赋予，之后他们中的大部分人开始快速衰老，接近老年。[①]

这些人食不甘味，脸色晦暗。他们的眼睛忧郁地打量着丰盛的美食和曾经爱吃的东西。他们染上各种奇怪的甚至莫名其妙的疾病，这些疾病使医生陷入为难消极的境地，因为其职业上的一筹莫展而忧心忡忡。

有些病人染上的疾病比较容易理解，而且这么说吧，比较普遍，教科书中也有讲到，例如：忧郁、水肿、偏瘫、糖尿病、结核病等诸如此类及其他。

患者于是赶紧带上他们的疾病和行李箱，奔赴各个度假胜地和海岸去寻找自己失落的青春。他们在海里沐浴、潜水和游泳，在最毒的阳光下躺上几个小时，漫步山野，喝些特制的和利泻的水。这样反而让他们病情加重，于是愈加诚惶诚恐地倚重医生，期待着他们的奇迹，能找回

---

① 作者这里指的是所谓的知识阶层，这一阶层具有从前的小资产阶级的习惯和传统。在目前的状况下，作者不涉及上升阶级，原因很简单，因为上升阶级的神经足够健康。不过，谈及无产阶级的健康，眼下就其职务的性质而言，业已经常性地接触脑力劳动，他们事实上已然患上神经衰弱症。——作者原注

失去的精力，恢复消耗的生机。

医生给患者用水洗和火灸，让他们在浴缸里泡澡，出于科学目的千方百计地给他们用咸水和矿泉水灌肠。不然就组织病人讨论讨论身体的紧张现象，以期说服病人放弃有害的想法，相信自己壮得像头牛，他的病症其实是毫无根据的猜测，就好比说是一个没有些许真实土壤的幻想。最后这个说法将老实巴交的病人完全搞糊涂了，使他安于行将就木的想法。毕竟大自然铁面无情的力量和被打破的司空见惯的平衡，多半是不会屈从于科学随后的花招和水疗提神的性能的。而患者往往在结束他的尘世旅行时，说实在的，并不知晓，他到底出了什么事儿，并且他在自己的生活中究竟犯了多么致命的错。

第六章

更揪心的画面

因此，如果认为这些观察，怎么说呢，纯属偶然；如果以为这些观察所针对的人们，他们的健康和精力受到过许多各种各样冲击——战争、革命以及咱们的生活所特有的一切，所以作者并不相信他眼见的，而是掉转头专心致志地阅读起过去的那些世纪名人名家的传记和记载来[①]。

不是吧。更令人揪心的情景展现在作者面前。

这么说吧，在这个了不起的知识分子行列里所看到的，甚至是愈加惊心动魄的衰老，愈加复杂愈加不可思议的疾病，愈加可怕的抑郁症、忧郁、灰心丧气、鄙视人（注释Ⅰ）[②]、疑病症，以及更多的英年早逝。

这些英年早逝的伟人们排列出来的是一张长长的黑名单（注释Ⅱ）。

他们中有的人死于刚刚成年，另外一些人勉强活到四十岁，还有的人活过四十岁，却过得了无生趣，相对于社会而言其实早就死了。他们

① 作者倒是宁愿读一些普通小人物的传记，但遗憾的是，史料阙如。不过就此而言，我们这种平行加比较的阅读在某种程度上是正确的。有时候我们革命时代的人们所消耗的精力并不亚于那些所谓的伟人们。——作者原注

② 此处及以下的罗马数字表明，所标出的文本在本书结尾处有注释。不过为方便阅读，作者建议先只读小说，无须在意注释。等阅读注释时再好好看它们所注释的文本。——作者原注

抛开自己光荣的工作（注释Ⅲ），整天趿拉着破旧的毛毡便鞋，在土耳其式长沙发上辗转反侧，抽着烟斗，愁眉苦脸，跟妻子吵嘴，哭哭啼啼；出于无聊，也为了忘却，写写关于自己美好而英勇的青春的回忆，或者攒攒神学和宗教论文，因为办成这种小事无须灵感（注释Ⅳ）和饱满的狂飙式创造力，无须情绪激昂以及年轻时健硕的身体（注释Ⅴ）。

第七章

伟人们

然而，最让作者惊讶的，是这些生活在过去的世纪里的名人名家的一个特征。那就是与命运和解，并屈服于命运，某种程度上甚至是不愿与自己的疾病做斗争。

他们常常认为自己的疾病是上帝意志的体现，抑或是命运特有的狡狯，抑或是自己认输的天赋，在经过一个不怎么长的疗程之后，主要是水疗，他们便毫无怨言地容忍了发生在自己身上的事，甚至都不尝试着去往深里追究追究，以便找到原因，搞懂自己身体不舒服的来源。

但是可以这么说，在伟大的幸福这个问题上，并非所有人想的都一样。

一类人的特点是身体极其健康，而且无一例外地长寿——这些人天生喜好沉思，这么说吧，对生活不是理想主义的理解。这些人主要是五花八门的哲学家、自然科学家、化学家、自然主义者，以及形形色色的教授和智者，他们凭借各自的专业领悟到了什么，关于自然的不同属性也想到了什么。

总而言之，这些人，他们不仅撰写颂歌，或者什么组曲和交响乐，不仅用颜料绘画各种“日落”“日出”和“林边”，而且还认真思考自己的生命和极其复杂的机体，思考对它们的管理，以及自己与周边的关系。

这些真正伟大的人——通常都是无神论者和唯物主义者，他们几乎都活到高龄，并且平静地离去，没有多余的叹息和哭喊，就像从前所说的，“进入阴暗和未知的王国”。

他们很少生病，甚至相反，越老显得身体越健康。

他们很少瞎忙活，不做蠢事，勇敢地走向自己的目的地，其实并不珍惜自己的长寿。

作者读伏尔泰的传记读得心惊肉跳，尽管遭受到命运的不公和来自方方面面的迫害，他仍然让自己活到了八十四岁。

希腊著名的医生希波克拉底，人们称他为“医学之父”，也就是这个人，完全知晓人体的全部本质，活到了九十九岁。

还有那个德谟克利特，显然是所有活着的人中最聪明的一个，这个希腊哲学家和唯物主义的祖先[①]活了一百〇二岁，死时面含微笑，据说，假如他想，他还可以活得更久。（**注释Ⅵ**）

---

① 他的唯物主义学说的基本特征与当代唯物主义者几乎没有变化。——作者原注

第八章

“青春永驻的秘密”如是说

不，世间万物不是凭空存在的。作者以为，甚至相信，这些教授和科学家知晓些什么，也许找到了某个秘密，或者说不是秘密，而是某种恰当的、唯一有用的行动方针，他们利用它无忧无虑地活着[①]，调节他们自己的生命和机体，犹如能工巧匠调校他的车床。

可是这一个人安乐和长寿的秘密，偏偏不凑巧被教授们带进了坟墓。

当然，这件事是抽象的。有些人讲的是身心平衡，还有一些人则模模糊糊地猜测需要接近大自然，或者至少不要干扰大自然，并且要赤脚行走。

其他人则主张没什么可大惊小怪的，不要脱离群众，据说智慧总是悄无声息的。

有些人，从九霄云外的高处下来，并不说什么有关灵魂的冠冕堂皇之语，他们很好地遵循自己身体细微的自然属性，同时建议喝酸性乳，完全寄希望于素食能特别延长寿命，不让微生物无用地积聚在我们的内脏，还有体内低级的和次要性质的犄角旮旯里。

---

① 甚至往往与自己的时代不一致。——作者原注

不过作者还是一名学生时，曾经认识一位大学老师，他吃这种牛奶饮品多年，后来像人们说的，竟然因为轻微的流感病倒，“翘辫子了”，被亲戚和学生们哭悼。亲戚和学生都异口同声咬定，就是喝酸性乳上瘾才使得病人衰弱，摧毁了他的抵抗力，以至于虚弱的体质抵抗不了这种其实微不足道的小病。

第九章

何不谈谈有意义的事

作者一点想要贬损或为难伟人们的意思都没有，作者想要说明的是，在这个领域里没有说过什么特别有益的和正面的，尤其是让所有人都能领会和理解的东西。[①]

那些对自身有所了解的睿智老人退入另一个世界，并没有造福身边人。

不是的，当然了，作者没想要马上就说：喏，有人说，老人带着自己的秘密死了，而作者，这个年轻人和狗崽子，发现了这个秘密，立马就用他这个急功近利的发现造福人类了。不是的。一切更简单，也许甚至更惹人生气。作者将要谈的一切，极可能甚至毫无疑问是已经被健康和医学部门知晓的。倘若作者有意用他弱弱的、词不达意的语言来谈论此类事情，那么干吗不用一种能够打动人的方式，来谈谈大家都好奇都关注的有意义的事情呢？

人们在业余时间学文学、谈音乐、集邮；做蝴蝶、昆虫，还有各种各样的，不好意思，甲虫的标本。不过以作者所思，恐怕政治之后（其

① 在这种情况下，我们不是在谈论科学，最伟大的发现是我们期待人类为青春和长寿而奋斗的成功结果。——作者原注

实，终极的利益几乎都是同一件事，因为社会性的阶层改造导致的是生命的新的、健康的形式，也就是新的健康），当下唯一的主题就是像水像食物像太阳那样，可谓人人心之所向。这个人人贴近，人人懂得，人人不可或缺的唯一主题就是我们的生命，我们的青春，我们的活力，以及我们支配使用这些珍贵礼物的能力。

第十章
丢失的健康

正如作者所观察到的，健康状况，主要是上述知识阶层的，已有所恶化，变差了。

作者推测，所有人、所有地区和国家，以及所有阶级和阶层人的健康状况，尤其是神经的健康状况，近几个世纪以来已经大大下降了。

实际上，当你读到从前的书中描写各个阶级和各种职业的主人公的奇遇时，唯有惊讶与焦虑担忧而已。

他们都是少有的年轻体壮。

他们全都孔武有力，甚至都是膂力过人的典型。

他们全都是些我们做梦都没想过的饕餮之人与酒徒。

你常常会读到："他感到口渴，喝光两瓶玫瑰色的安茹葡萄酒，顿觉精神焕发，跳上马，朝侮辱自己的人飞奔过去……"

倘若，譬如说，给我们的人，生活在1933年的居民两瓶安茹葡萄酒，那他大概也许可能在此之后，非但骑不上马，极有可能连"妈妈"都叫不了了。他会瘫倒在他的马旁边，烂醉如泥，哼哼唧唧唉声叹气，然后雇上一辆四轮大马车，朝他的侮辱者挥挥手，步履蹒跚地该干吗干吗去了。而他的侮辱者也一样，看到追赶自己的人，只怕是早就逃得远远的了。（注释Ⅶ）

第十一章
无效的尝试

因为不是教授，或者譬如说院士，或者哪怕连研究生都不是，作者凭着某种幼稚无知和死皮赖脸，试图弄清楚老人们找到的秘密究竟何在。

了解这个秘密之后，是否能略微撩开蒙住这永不消逝的青春和长寿的面纱?

自然是一无所获。

当然，作者差不多搞明白，我们的机器、我们的身体平稳运行的所有过程，都与社会生活、身边人事和周围环境的平稳运行相适应。

但是，一方面，作者曾经看到过，有些生活安稳的人也早早就死于不起眼的着凉感冒，另一方面，偏偏就在风云激荡时代里，鬼晓得有多疯狂失衡的生活中，当事人仍然活着，活得长长久久，活得好极了，成为健康安乐的榜样。

此时此刻作者并不认输，着手了解我们的结构各个部分的工作情况，细枝末节也不放过，这些东西有的教授可能会忽略，因为他们高高在上的职位和社会地位，视线被很多东西遮住了。譬如说吧，过于庸俗，道德品质卑下，飞速增长的基督教文化非但不是崇高的，反而是有损人类尊严的，这种文化的基础是理想主义，还有针对其他动物，以及比人更低级的，譬如来自霉菌、水和其他令人憎恶的化学合成物之生物的傲慢优越感。

没有，在这一领域作者并没有搞出什么新发明，不过他看到了许多有教益的、确实值得的惊喜。而现在，在开始讲我们的故事之前，我们还得要再说上几句，不说的话，绝对搞不懂人让自己青春复返的全部历史。

我们所讲的是五个不大却非常有趣的小事，用来解释事情的基本实质。这几件小事至少是可以完全当作短篇小说来阅读的。

第一件小事讲的是一个人身体蛮好时的表现；第二件小事是讲一个人身体不好时做什么；第三件是讲一个人做什么让他身体不好；而最后两件有趣的小事让人思考学会管理自己和自己异常复杂的身体的必要性。

下面就来听听这五件小事。然后再开始我们的中篇小说，如您所见，要把这个超难的话题弄明白绝不那么容易。

第十二章
他微笑

有一天，作者去拜访一位认识的女士办点事。在那里，在她的房间里，我看见一个微笑着的婴儿躺在摇篮里。那是这位女士的儿子。

这个小男孩可以说正处于他一生中完全无意识的萌芽阶段，这时候似乎不能指望他有什么头脑，有什么微笑或者下流的行径。

是的，没错，他吃饱了，健健康康。他躺在干净、干燥的襁褓里。用他母亲的外衣缝制的轻柔的丝绸小被子，裹着他那咪咪小、惹人怜爱的小身体。到处缝着花边和小花朵。什么都没有——没有跳蚤，没有穿堂风，没有灰尘飞进小鼻子——没有什么打扰这个咪咪小的微生物。

就像刚才说的，他躺在摇篮里。

他的妈妈站在窗边，把一个新奶嘴放到小奶瓶上。她疲惫的脸上洋溢着快乐和母性的满足。

来办事的作者站在门口，动情地观赏着这幅熟悉的甚至是经典的母婴图。

作者瞥了一眼那个婴儿，猝然发现他微红的，毫无意义的脸上仿佛带着微笑。

活见鬼了，真的是微笑。这是一个持续性的，并非偶然性的微笑。它既不是冲着母亲，也不是冲着带新奶嘴的小奶瓶，不针对任何具体的东西。微笑就是微笑，好比对某种也许我无法理解的化学过程的反应。

在这个微笑中闪耀着某种生命的喜悦，健康和安乐的喜悦。

“这说明什么？”我想。并且有某种委屈和不友好的情绪掠过我冷酷的心灵。

什么意思？这个小赤佬笑什么？喏，母亲笑什么还是清楚的……可是这个吃人的小生番……思想他是没有的。什么是快乐、友谊、爱情、金钱、享受——他全不懂。他哪儿都没看。他没在欣赏任何东西。他什么都不记得。然而，微笑在他幼稚而空洞的小脸上闪过。

“您的他为什么微笑？”作者用粗鲁而恼怒的腔调问道。

母亲用幸福得要死的目光看了看孩子说：“婴儿健康得很。他为什么不笑？”

跟那位妈妈谈完事后，作者回家了。一路上，认为良好的健康状况和无忧无虑的生活就应该是，明摆着的，果然伴随着微笑的。

“得提醒自己注意这一点。”作者搓着手说道。

第十三章
他伤心

几年前有一次，作者在一家赌博俱乐部看到一个赌徒，他赌输了。这个男人不年轻了，样貌真的不咋地——生着红色的小胡子，戴着一副夹鼻眼镜，还有点秃头。

这个赌徒输得够呛。他发疯似的把衣服口袋翻了个遍，扽出一沓簇新的钞票，把它胡乱甩到桌子上，像是在说："拿去吧……吃吧……捻死我把……踩死……把心撕碎……"

这个人紧张得吓人。

他的眼睛在闪电。双手颤抖，不听主人的使唤。他像个娘们儿似的嚷嚷着，一出错牌，嗓子眼儿里就连连发出呼啸声。

他神经紧张地在椅子上坐不安定。时不时大吼一声。当他坐定时，居然能用他那瘦削的膝盖把死重的橡木桌子边顶起一点来。

"这意味着什么?"作者思忖，"这个红头发的家伙的行为怎么这么奇怪？是什么在任意摆布他，这个下流胚?"

"这意味着，"作者自言自语道，"在有的环境中我们的身体工作得极差，巨大的能量在这种情形下仿佛消失得无影无踪。能量，确切地说，都消耗在鬼才知道的地方，譬如大喊大叫，无谓奔忙，甚至犹如我们所看到的，把桌子和笨重的家具撬起来。"

于是，当输家用特别刺耳的尖叫朝他的邻座嚷嚷时，那个年轻的家伙，显然是刚刚登上生活的舞台，委屈地大声说道，如果这个赌输了的疯子无法输得体面一点的话，他立马不玩了。

可是这一桌在座的所有人都异口同声地说：

“拜托……怎么了嘛？……算了吧。很正常。人家正输着呢。他紧张。担心。不存在什么侮辱，没必要。”

“这些个傻瓜怎么向着他说话呢？”作者想，“不过，很明显，如此一致的支持恰恰证明，输家这些喊叫声、尖叫声和疯狂的举止是完全自然而然的，甚至是身体必然的表现，理所当然，合该如此，假如不这样，这个人估计会伤害到他自己的内脏，而且可能会死于中风或心脏破裂。”（注释Ⅷ）

“得提醒自己注意这一点。”作者想道。

正如老故事里所讲的：伸出手来，尊敬的读者，我们会陪您一起上街游荡，给您展现妙趣横生的场景。

第十四章

不必回忆

一个夏日，在高加索，作者顺便去了趟动物园。其实它并不是动物园，而是一个不大的可以移动的动物笼子，在做巡回演出。

作者站在塞满猴子的笼子边，留心观察着它们的鬼脸和戏耍。

不，它们不是列宁格勒[①]瘦极了的猴子，那里的猴子咳嗽，打喷嚏，用小爪子支着自己的小脸蛋，可怜巴巴地望着你。

相反，它们是些健康而强壮的猴子，生活在相当于自己家乡的天空下。

在这些猴子的每一次运动中，都可以看到极其剧烈的动作，简直骇人听闻的生之快乐，惊人的能量和极度的健康。

它们疯起来吓人，每一秒都在动，每一分钟都摩挲母猴，吃、拉、跳跃、打架。

这简直就是地狱。这是真正的，倘若用崇高的语言来说，健康与生命的超级盛宴。

作者欣赏着这个画面，意识到自己的渺小，敬佩地叹息着，他站在

① 即彼得堡。第一次世界大战时间，因为彼得堡这个名字太有异国味，被改称彼得格勒。十月革命后改为列宁格勒。苏联解体后，又改回叫彼得堡。——译者注

笼子旁边，甚至有点由于如此雄伟、如此出色的生命而受到打击了。

“好吧，”作者想，“如果达尔文老人没撒谎，它们真是我们可尊敬的亲戚，确切地说是我们的堂兄弟，那么在这件事上就会得出一个相当可悲的结论。”

笼子旁边站着的这个人就是作者。他的动作很慢。他脸上的皮肤发黄，眼睛疲惫，黯淡无光，嘴唇挤出一个嘲讽的、厌恶的微笑。他无聊得紧。他，请注意，顺便去养动物的地方消遣消遣。他走到屋檐底下好躲开炎热的阳光。他累了。他拄着一根拐棍。

而旁边就是那些忘记自己的不自由，傻乐傻乐地发癫的猴子，也可以说是作者的堂兄堂弟堂姐堂妹。

“见活鬼了，”作者思忖，“照这样的情形，我这么多年生活，这么多年动脑筋，屈尊纡贵糟蹋掉太多健康了。”

但这不是重点。

有个来动物园的游客，看样子有点像波斯人，一言不发地抓起我的拐杖，用它打了其中一只母猴的脸，当然，不大重，但哪怕是从旁观者的角度看，也是极其侮辱性的和阴毒的。之后好长时间他亲切地看着这些猴子。

母猴恐怖地尖叫起来，开始扑腾、抓挠、啃咬铁栏栅。它的愤恨与它的强健同样不得了。

一位富有同情心的女士，蛮同情这个母猴，递给受折磨的它一串葡萄。

猴子马上友好地微笑起来，把葡萄塞个满嘴，开始忙不迭嚼起葡萄来。满足和快乐在它的小脸上闪烁。母猴忘掉了侮辱和痛苦，甚至还允许阴险的波斯人抚摸它的爪子。

“哎哟喂，”作者想，“您用拐杖打我的脸试试。我未必会这么快就没事了。我大概不会马上就吃葡萄的，好像也不会就去躺下睡觉。而是会回想着这件事情给我的侮辱，在床上辗转反侧到天亮。到早晨起来肯定是脸色发灰、狰狞、病态，还苍老了，这副样子，恰恰亟须那些猴子来帮助回春更新。”

不是的，作者述说这件小事完全不带基督教理念，也不是在做基督教道德的说教，像人家说的，远离邪恶；像人家说的，如果有人打你的脸，你就再让他打别的地方。

不，作者鄙视这样的哲学。作者讲述这件小事只是为了让大家看看，未受文化、习惯和成见诱惑的健康大脑是如何工作的。（注释Ⅸ）

第十五章
一个画家的抱恙三日

然而这还不是全部。我们的议论尚未结束。

作者想再讲两件小事，它们从一个出乎意料的方面来阐明这个案例。

首先作者想谈的，是一个画家打了三天嗝。

还是在几年前，作者曾经不晓得为什么写了这么个事儿。

然而那宏伟壮观的画面和意外的结果，使得作者再次提及这一特殊的情境。

一天夜里，画家打起嗝来。他怎么打起嗝来的，确实不清楚。他一口咬定好像是他光着脚走到书柜，拿一本谢尔文斯基[①]的诗歌来读了好入睡。总而言之不清楚。

一句话，夜里他打嗝打醒了。他仰着躺了一会儿，并未在意这一稀松平常，实际上微不足道的人所常有的现象。

可是嗝儿打起来没完没了。

画家喝了点儿水，在房间里走来走去，抽了会儿烟，并未特别担

① 谢尔文斯基（1899—1968）苏联作家，苏共党员（1941起）。作品有长诗《乌利亚拉耶夫性格》（1927）、诗体小说《皮毛货栈》（1928）等，主题是国内战争和新经济政策。——译者注

心，钻进被窝，希望能睡着。

然而，他没能入梦，嗝儿也还在打。

打了半个小时后，画家有点害怕了，叫醒妻子，前言不搭后语哼哼唧唧地跟她解释他怎么了。

妻子在这件事情上没看出来有什么特别的，更不用说为此打扰人，把人从床上拖起来了。她骂了他一顿，说完丈夫是难以忍受的利己主义者、精神病患者和道德怪物之后，又睡着了。

结果，直到早上我们的画家仍然坐在床上。他坐着，病得完全迷迷糊糊、哆哆嗦嗦。

他每隔半分钟打一次嗝，准得就像一台神秘莫测的机器。

他悲痛万分、胆战心惊地打量围着他的亲戚们，他们也被他这种怪病惊吓到了。

他打了三天嗝，睡过几个小觉都很短。

病倒的第二天，亲戚们请来一位医生，给开了些舒缓的滴剂，让人拿点什么逗患者开心，分散他对这个意外疾病的注意力。

亲戚们在哭哭啼啼的妻子带领下，把生病的男子带进一家电影院，然后又去了餐馆。不过患者照旧打嗝，浑身打战，对电影丝毫不感兴趣，对满满一桌食物也完全无动于衷。看到账单时，他停下来不打了，但是对完账单会了钞票，又依然故我了。

到第三天晚上，嗝自己就不打了。确切地说，是在他跟妻子发火吵架后，患者对自己的毛病分了心，突然停止了打嗝，在圈手椅里睡着了，睡得像块石头似的。（注释Ⅹ）

第十六章

哺乳期母亲的婴孩死了

是的，没错，这个画家是个不健康的人。他这人神经衰弱，外带脑力不济，想象力溃散。

但是作者还认识的一位年轻、正值花季的妇女。她两个月大的孩子死了。

没有，母亲并未因此特别痛苦。是的，当然啦，她哭泣、发烧，不过平静了下来，告诉自己，这也许不是坏事。

但这不是重点。

就是这样，一位年轻的，正在哺乳的母亲失去了自己的新生儿。他突然死在她怀里。他患了感冒，此外，好像还吞下一把金属的小钥匙。

这是一件不同寻常的事。

婴儿死亡大约三天后，孤苦伶仃的年轻母亲发现她的乳房越来越肿胀，出现疼痛、发冷发热的状况，全身不舒服，体温 37.7℃。

乳房的剧痛使年轻的女士不得不把奶挤出点来。她挤了一两次。之后她就开始每天都挤。而且她看到奶水非但没减少，反而越来越多。于是她开始每天挤一杯，后来更多。

一开始奶水都倒掉了。后来，这女人那位精打细算又节约的丈夫，为如此宝贵且有益的水分白白浪费而忧心，就开始喝奶。

他一边恶心得要死，一边把这位女士的奶喝了。

起初他觉得难过，甚至还吐了。不过他用各种花招破除天生带来的嫌恶感。他往舌头上撒盐和胡椒，把玻璃杯举到嘴边时，用手指捏住鼻子。

喝完奶，他一边像个疯子似的在房间里跳来跳去，一边吐唾沫、骂大街、大声嚷嚷，说什么就是母山羊的奶都要好喝得多，对身体更有益。

可是后来他喝惯了这种奶水，合了口味，再不需要辛辣的调料。而且是喝一口奶，再平平常常地配上一块面包或加香料的蜜饼。

就这样过了两个星期。

喝着奶，丈夫理所当然地养胖了，他甚至笑话自己的妻子，说她显然是被自然界的暗黑势力变成了一种特殊的母牛，而且这大概还会持续至少一年，然后大自然可能就不容分说，也不问问父母还需不需要牛奶，停止输送。

到了第三周。

年轻女子每天挤奶，丈夫下班回来就喝，有时耍心眼臭显摆地仔细研究，因为奶水似乎不大稠了，量也比平常普通的母山羊和奶牛少些了。

终于，被嘲笑和研究伤了心的年轻女士，等丈夫不在家时请来医生，扭扭捏捏地请求他用点什么医疗手段，让这不必要的奶水停掉。

医生给病人做完检查后，惊讶于她的没有经验，把她的胸部用绷带包裹得严严实实，这样就会把现在不再需要的惯性打破，因此堵住并停止产奶。

如此过了几天。略微发了点寒热的年轻女士不再给她那伤心欲绝的丈夫提供奶水了，最近这些日子他简直迷上了这种免费饮料，身体明显圆乎了。就为这个他恨透了医生，发誓要劈他耳光，把他扔下楼梯去。

不过当他看到妻子明显吃得少了时，他得到了宽慰。

于是，因为在商业公平和物品交换领域不可饶恕的欺诈行为的退场而把大自然赞美一番之后，丈夫不再埋怨妻子，对待来问诊的医生，也十分尊重和毕恭毕敬地信赖了。

我们讲述这件事是有目的的。作者想借此再次表明，不仅在脑力不济的情况下，而且在完全健康的情况下，也应该能够控制自己的身体，应该能够及时打破惯性，因为大脑本身并不总是有兴趣知道，让它主持的那项工作是否必需。

第十七章

作者遇到一个青春复返的人

我们的科学解释将到此结束。

作者所看到的一切与他现在所说的一切，所有这些场景和情节都是单个的，所有这些小事，对医生比对作家更有价值，它们并没有充分解释我们思想着的那个东西。

作者在考量这些小事时，期望能够从中得到一些东西，查明一些东西，确定、推导出某一个行为规律，一个根据它就管得好自己生命的准则。

然而实际上一无所获。一切在作者手中化为乌有。每一种情形本身都正确、公平，但放到一起则什么都不是，而青春永驻和鲜活常在的秘密却遗落于未知。

作者想把这一切放到一边去，等到生命将要结束时再考虑这一切，这么说吧，等到人情练达。

但是两年前的一次会面，因为它，许多事情变得清晰了，能够理解了。

作者遇到了一个人，他在某种程度上发现了自己年轻的秘密。不，这大概不是伟人们所拥有的那个秘密。但总归是个秘密，靠着它，一个人在经历过一系列的失败甚至灾难之后，让自己失落的青春重新回来了。

这个人今年五十三岁。他好像已经与自己的命运和解了。他那业已疲惫不堪的动作，已经灰白的头发，已经黯然无光的眼睛，都在诉说着他的好光景已经过去了。

意识到这一点，此人似乎认从了，逆来顺受地让自己接受生命的最后一击。

他懒洋洋地、慢腾腾地走着，呆滞冷漠地扛着自己凸起的肚子和低垂的头。他跟自己嘟囔着什么，摇晃着他自己那蔫了吧唧的脑袋，仿佛再没有什么能够活跃这个衰老的身体。

只是偶尔地，与其说是机械地，倒不如说是颇有感触地惋惜自己失落的青春和一去不复返的年轻时光，他捧住脑袋，不明白也无法明白，为了留住自家的生命该从何做起，他还值不值得开始，这个开始是否什么结果都不会有。

伸出手来吧，尊敬的读者，我们将带您去儿童村，看看这个人为了使自己被毁了的身体恢复活力，让青春复返，都做了什么。

第十八章
最初的印象

这个人五十三岁。他是个学者，受过高等教育，拥有各种文凭，多次去国外出差。

他在苏联有一个相当稀罕的职业——他是一个天文学家。

关于他将有一大套说辞，作者会讲述得尽详尽细。但暂时我们只想谈得笼统些，聊聊一般情况，以及如何，在什么情况下我们与此人相遇。

1931 年 8 月，作者在儿童村小住。

受失眠、日常工作和杂七杂八的私人事务所累，作者暂时躲出列宁格勒，碰巧通过熟人，得到一个不大的房间临时居住。这个房间刚好就在这个男人的公寓里，确切地说，是在这个学者教授承租的小房子的二楼。

作者并不想与他走得太近，不寻求这份熟络，甚至于还回避他，但是近邻不由自主地让作者成为这个房子里所发生的事情的见证者和观察家。

起初作者甚至没有留意，甚至什么都不看，甚至避免交谈和打照面。只有一次聆听过从楼下传上来的凄惨的音乐。

这个人每天都有弹钢琴的习惯。他几乎每天晚上都弹上一两个小时。

一开始这种情况惹恼了作者。这个人仿佛是故意的，选的都是些最悲伤、最忧郁的旋律，时不时地将作者带进彻底的狂怒中。他弹柴可夫斯基悲伤的浪漫曲，三十九岁死于肺病和抑郁症的音乐家肖邦的各种前奏曲和练习曲。

而作者，躺在床上，被迫听着这些悲伤的声音，从中看到伤心的晚年、萎靡不振、死亡的意愿，还有与命运不平常的和解，这亦是作者正在逃避的，也想反抗的。

听着这些旋律，作者可能已经第一百次想到衰老与枯萎的悲哀日子，想到也许已经站在这个弹钢琴的人身后的死亡。

不，死亡从未吓倒过作者。但这是枯萎、衰老。受到刺激的神经。黯淡无光的视线。以及悲伤的脸。以及膨胀的肚子。以及疲软的肌肉。正是这个让作者感到忧心忡忡，惶惶不安，迫使他日思夜想。

第十九章
苹果花开

于是，作者反复思考这件事，试图搞明白事出何因，想知道人们犯的是什么错误，为什么才三十五岁就开始衰老。作者在房间里跑来跑去，用双手捂住耳朵，免得再听到更多哀怨的音乐，这乐声呼唤人认命顺从，令人绝望，它们充斥于这个正在老去的教授的心灵，也包括那个音乐家，他用死亡之手为自己即将到来的殒落谱写了这首肃穆的乐曲。

教授时不时地停下来，仿佛在思考和哀泣自己的命运。

是的，就是这样。他是那么不想死。并且是如此渴望不要衰老。

世间万物是何其美好。每一个脚步都在创造那么可爱的事物。工作着是多么快乐和有意义。在作者倦怠的大脑里，正在描绘着一幅何等五彩斑斓的图画啊。

那是牧童在牧羊。长鞭甩得噼啪作响。太阳落入森林。小菜园。稻草人舞动着双手。鸟儿在飞翔。

苹果树通身洁白。河水流淌。树下的长椅。磨坊的风车在转动。

呜呼！看这一切的目光黯淡无神？在这里看到的是让人腻烦、枯燥乏味和令人难过的画面？都是因为它，年老。因为衰老。正是这卑鄙岁月瘦骨嶙峋的手扼住了喉咙。

在池塘里游泳的姑娘尖叫着。她的女友累了，躺在草地上，漂亮的连衣裙遮住了她年轻的身体。

乌鸦在啄食垃圾。蝴蝶在飞舞。农夫坐着马车去田野。手风琴声悠扬。

不，难以想象，怎么会不去描写这样的情景。哪怕只有一分钟，都无法想象这情景会是枯燥乏味的，令人难过的。

世界上的一切都是美丽的，甚至是壮丽的。一切如此精彩纷呈。而这一切都应该崇拜，直到最后一天，直到最后一口气，直到最后一个模糊的目光。

如何做到？怎么达到这一点，如何保持你年轻的活力和印象直到最后的那一天？

不，作者不求长命百岁。他只期望将自己的青年时代和青春保持一百年。

作者不知道这个正在老去的人弹钢琴时都在想什么。作者猜测他也正在思考这些问题——关于他丑陋的老化、他的疲惫以及想要阻止这种可怕的衰颓和萎落的愿望。

第二十章

瓦西里·彼得罗维奇·沃洛萨托夫

正是这位正在老去的先生，这个有学问的教育家和天文学家住在儿童村，这个地方相当有诗意，漂亮而且令人神往，就在前皇家园林附近。

他住在一幢样子蛮好看的小房子里，那里还有喷泉和各式各样的花坛、小径和树木。散步的人们经过时，每每对此地出挑的美赞叹不已，不过教授本人已经习惯了，对这个美熟视无睹，人家跟他说起时，他甚至还有点儿惊讶。

他和家人住在一起，家里有年老的妻子、两个成年子女和一个保姆。

他在列宁格勒授课。每天早晨一边起床，一边诅咒这个工作，骂骂咧咧地发泄他的不满。

看得出来，因为身心交瘁，他哼哼唧唧，气喘吁吁，唉声叹气，费劲地穿上鞋，蹭着地板走过去洗漱梳理，边走边跟保姆说："索尼娅，给我茶，我马上就走。"

每天早上都是一样一样的。

是啊，这是一个索然无味的醒来，是他无聊又沮丧的生活中一个单调的早晨，这个人已经不再指望还会有什么惊喜，有什么意外，有什么好事儿。

我们当然不想说出他的真实姓名，更不可能，这么说吧，让他的真名家喻户晓以满足大众的好奇心。我们叫他瓦西里·彼得罗维奇，再给他想一个姓，就叫沃洛萨托夫吧。

当然，原本可以再努努力，想出一个更漂亮或更有创意的姓氏，而不是随便取一个什么意义都没有的。不过姓氏这个东西倒是可以习惯的。

譬如像焰火般辉煌闪亮的普希金这个姓氏，如果稍微抽象点儿去想，如果撇开习惯不谈的话，并不意味着有什么好。这是出自战斗生活的中性姓氏，跟亚德罗夫、布列夫或者普什卡廖夫一样。[①]

然而，普希金这个姓氏，因为伟大的事业，如烟花、如天上的彗星、如宇宙空间的太阳闪闪发光。

而像多尔戈鲁科夫这样好听的名字，如果还是撇开习惯不谈，稍稍改几个字母，就会变得很俗气，不会给它的拥有者带来快乐，得到的意思是长臂。

不，在我们看来，沃洛萨托夫这个姓氏是正确的和合适的。

倘若有人仍然觉得可笑，倘若有人据此看出作者喜好以庸俗、滑稽和卑下的形式来显示崇高，那么为防万一，还可以给您更多的姓氏和名字。

罗马皇帝们优秀的、强有力的和漂亮的名字——卡里古拉，意思仅仅只是“士兵的靴子”；另一位罗马皇帝提比略的名字意思是“酒鬼”，

---

① 文中提到的这几个姓氏在俄语中都跟武器有关。普希金和普什卡廖夫出自大炮，亚德罗夫出自球形炮弹，普列夫出自子弹。——译者注

克劳狄的意思是“酒酣耳热”。妙不可言、诗一般的名字查拉图斯特拉，为我们描绘出某种崇高、非凡，它从阿拉伯语翻译过来的意思是，哎哟喂，“老骆驼”。诗人们都梦想，众多女士们都希望自己叫的姓氏哪怕有一点点类似波提切利，把它翻译成我们粗陋的语言，意思也就是个小瓶子或一个盛东西的家伙什儿。故而，这个姓氏按照我们的叫法，就是布特洛奇金或波苏金。俄狄浦斯的意思是“脚肿”。

著名画家丁托列托的意思是“油漆工”“染色匠”。优秀的作家瓦塞尔曼[①]可以叫作瓦江金或沃多沃佐夫[②]，就连政治家彭加勒的姓氏，也跟库拉科夫（“方拳头”）的意思差不多。

作者在学校读书时的法语老师，有一个可爱的名字玛蒂诺，这跟她那充满激情的法国人脸庞非常合适。可是假如这个名字蹩脚地翻译成奥西土语的话，那它还真有失体面，意思是家养的狗。或者是用我们的语言就叫德沃尔年什金。棒极了！这真是爱好外国美和洋美学的人的悲哀了！

不，我们绝不破坏世界的规矩，就给我们的主人公取一个谦卑的名字沃洛萨托夫，假如您愿意，法语就叫施韦先生，德语就叫哈尔曼先生，意大利语就叫，鬼知道，也许叫别阿特利辛，要么叫索利奥，或者季金。我也不晓得。

总而言之，瓦西里·彼得罗维奇·沃洛萨托夫和家人一起住在儿童村。

妻子叶卡捷琳娜·谢尔盖耶夫娜，五十岁；儿子尼古拉沙，十九

① 瓦塞尔曼（1873—1934）德国作家。著有描写现实生活和社会伦理的长篇小说《人与鹅》（1915）和《马乌里策乌斯案件》（1928）等。——译者注

② 这两个名字都与水有关。——译者注

岁；最后是女儿，一个成年女郎，科学工作者和文艺学家，叫利季娅，或者简单点儿，莉达——这就是我们老教授的家庭。

顺便说一句，在家里都不叫他瓦夏[①]，也不叫爸爸，也不叫瓦西里·彼得罗维奇，他的称呼古怪得紧，甚至有点不同寻常，都叫他瓦西列克。

“瞧，瓦西列克来了。”莉达看到爸爸时说。

“瓦西列克，过来吃饭。”妻子招呼他。

就连那个保姆，真的，太难为情了，背地里也叫他瓦西列克，还一边偷笑，一边摇头。人家都说，活见鬼了，他们是吃饱了撑的才想出这个名字来的。

这个狎昵又搞笑的名字相对于一个又老又胖，青春和活力已经风光不再的人来说太不合适了。

作者不知道这个名字是怎么弄出来的。或许，满怀慈悲的妈妈温柔地亲吻和爱抚着可爱的婴孩，冷不丁地被名字的简单吓得胆战心惊，便开始用这个滑稽可笑、有些许变态的词儿叫他。

不过想来多半是他的妻子在幸福的青春岁月这么叫他的。也许那时他们刚刚结婚，也许他们正坐在阳台上看大海和日落。空气中散发着迷人的气息。变得暗淡的天空中没有一丝云。大海波涛汹涌。远处闪着船帆。

啊，这幅幸福的画面活生生地出现在作者面前！

他们坐在阳台上，欣赏着大自然的美丽。他二十三岁，她二十岁。

他用有力的、热乎乎的手拥抱住她纤细的身体。她低下头，微微靠

---

① 瓦西里的小名。——译者注

在他的肩膀上。

她迷人、姣好。生活宛如神奇的童话。旁边坐着的丈夫，是一个古代的英雄，正把她带向前所未闻的理想的和异常美好的生活。除了日落，为她描绘的也许还有花朵、小蝴蝶、甲虫，还有田野、远方，矢车菊、郁金香和白色的百合花。

她慵懒地闭着眼睛。丈夫悄悄地跟她说着温柔的话语，叫她小喀秋莎和小妈妈。突然，她撒娇地嘟起嘴唇，看了丈夫一眼，惊叫起来：

"多傻啊，管你叫瓦夏。这太乏味了，瓦夏，瓦修克，瓦西里……你的名字要是叫米佳或者彼佳就好了。但却叫瓦夏。"幻觉顿时消失了，连日落都不想看了。

哎呀，他好尴尬，东拉西扯着，微笑着，说道："胡说八道，据说，那又有什么关系，可怜可怜吧……好吧，上帝啊……为什么呀……有了不起的人……他们中间也有叫瓦西里的……"不过此时此刻他除了瓦西里·布拉热内依，和普希金的叔叔瓦西里·利沃维奇之外，谁也想不起来了，就难为情地不作声了。

这时她有点缓过来了，记起来的确是的，她妈妈这边就有一个瓦西里叔叔，而且他生活得相当好。

停顿了一小会儿，望着夕阳西下和茂盛的南方植物，她若有所思地说：

"你知道吗，那么我可能叫你瓦西列克，好吗？这个名字适合你。"

他傻笑着，拥抱她，亲吻她。他拍了拍她粉红色的脸颊，温存地抚摸着她的头发，把头发吹到她粉红色的耳朵上，说道："哎呀你这个我的小女孩儿。哎呀，你这个我的小聪明。"没等看完日落，一边带她进房间，一边说，无论他们的名字叫什么，他们总归是地球上最幸福的人。

于是她扑到他的怀里，高兴得直抽泣，用沾着眼泪咸咸的嘴唇吻他的脸，喃喃道："瓦修塔，瓦西列克，瓦西列契克。"他则说："那好吧，那有什么……到这儿来……"他一边高兴得喘不过气来，一边喊："卡佳，卡秋莎，叶卡捷琳娜!"

啊呀，唯有将近四十岁时，方能欣赏青春岁月里那些或许有点愚蠢的和可笑的时光带来的所有快乐，尽管当时他们一点都不觉得可笑。

于是，瓦西里·彼得罗维奇·沃洛萨托夫在家里就被习惯性地叫作瓦西列克了。

而他本人已经老了，枯萎了，疾病缠身，到处疼痛，快要死了。

似乎只是为了嘲弄，大概才赋予他这个闪亮的名字。

第二十一章
他的相貌与道德品质

他老了，又病又累。欠他多还他少的表情好像冻结在他的脸上。眼睛变得空洞洞冷冰冰的，脸颊上布满褶子，脖子都起皱了，灰扑扑的小胡子耷拉下来，皮肤失去了光泽。他走路慢慢腾腾，没精打采地挪动着双腿，像孕妇那样，挺着肚子，咧着嘴唇。

长话短说，这是一个中等身材、大腹便便、小胡子又长又密的人，脸色苍白、冷淡落寞，既让人可怜，又想劝他去看医生。

不过，房间里的墙上挂着两张照片，照片上是青春焕发的他。

看上去叫人有多纳闷和好奇啊。多么惊人的差异。多么可怕的变化。

照片似乎是在国外拍的。他站在卖花的小亭子旁边，微微昂着头，身形瘦得像芦苇，黑色风衣随意地搭在手上……还有一顶带彩色丝带的巴拿马草帽。小胡子飞扬。他的脸上挂着轻松自信的微笑，仿佛天不怕地不怕，对他来说一切都不在话下，生活在他面前洒满了幸福和欢乐。

另外一张照片。

那是他跟自己年轻的新娘一起拍的。他穿着黑色燕尾服，领子竖立着，衣襟上别着雏菊。新娘子好年轻、好迷人，跟娃娃似的，缠裹着各式各样想象不到的薄纱和皱褶镶边。她睁大眼睛，小嘴微张，纤细的小手放在他有力而粗糙的手上……年轻的新娘本人头倚靠着他的肩膀，仿佛在寻求保护，好挡住将来的灾难、不幸和生活的打击。

而此刻的他却有点肆无忌惮，自信满满，像人家所说的目空一切，没什么应付不了的……怎么都过得去……有什么可难过和垂头丧气的……会健康和年轻的。

哎呀，照片的主人眼看着自己已经逝去的青春该有多不好啊！想必心冻得拔凉拔凉的，极可能会想无论付出多少，只要失去的东西哪怕回来一会会儿。

长话短说，这个人青春没了，大睁着眼睛的可爱新娘变成了鬼才晓得怎么回事的，那么个戴夹鼻眼镜，嘴唇有些发青的女人。所有的青春热情都被冷漠所取代，还时常盼着尽快结束这不成功的游戏。

这就是我们在说的这个教授的当初。

至于道德品质，那么应该说，他是一个品格高尚的人。

他是在我们国家革命之前生活过得不错的人之一，看到制度的无道、骇人的不公正和公然的不平等，他们痛苦忧伤。早在革命到来之前，他就是一个生性热情洋溢慷慨激昂的革命者；早在社会改造之前，他就梦想着平等和兄弟情谊。

这位教授、天文学家是一个梦想家和幻想家，他不喜欢生活的粗鲁怀抱及其庸俗的现实。

而且他还是一个高尚的人，富有同情心和讲求公道，总是在因为什么而痛苦，忧心忡忡、满心焦虑和期待。

一点点小事也会让他空落落地心烦意乱。如果哪里有个婴孩哭闹，他都焦躁不安。走在花园里，他小心翼翼生怕踩死青蛙甚至小虫子。如果女儿莉达下班迟了，没赶上她经常乘的那班火车回家，他就惊慌失措。那时他就担心地在花园里转悠，唉声叹气，背着手，数数数到一千，假如还等不到，就跌跌撞撞地去火车站，好让时间过得快点，或者就为听听人家说，当天什么灾祸都没发生过。

迎到女儿后，他抓住她的手，嘟嘟囔囔笑着，说："天哪，你怎么能这么吓你的父亲，让他还以为出了什么事情呢。"

在此之后，他又心平气和了，瞌睡懵懂、跌跌撞撞地跟在女儿身后，喋喋不休地自己唠叨着。

至于智力，那他应该算是个聪明人，否则，料他也不可能让自己失落的青春复返。

不过，谈智慧颇为困难。这个概念非常含混和不确定。

还在年轻时，作者很能判断谁聪明，谁愚蠢。而现在作者却不敢做出自己的评价和鉴定。老实说，作者对这些鉴定有点蒙。

有一位无聊兮兮的少女，叽叽喳喳地对生命的自然属性说个不停，为的是让作者觉得她是最聪明的。而小小甲虫在遇到敌人时装死，反倒是令作者感到既惊又喜。

反而是老气横秋的哲学家，一谈到各种心理上的敏感和怪癖，似乎反常地整个成了傻瓜、蠢货，成了空话连篇和鼠目寸光的人。

作者还知道一只能够让所有人都特高兴的狗狗。狗的女主人，一个过去的慈善家，用你万万想不到的夸张描述她这四条腿的朋友的聪明。

"它也就是不会说话而已，"那位女士眼里含着泪水说道，"在其他所有的事情上，狗狗绝对不会比我本人差。"

确实，这只狗狗是懂事的机灵狗之一。

把一小球面包放到这只公狗的脸边上，靠近鼻尖，狗狗不得到许可，绝不碰。

狗狗被教拎篮子，甚至汏洗衣物。它用牙齿叼着裤子，在池塘里把脸甩来甩去地涮洗。

拿火柴狗狗就去厨房，到床底下拖鞋子。

有一次，汽车在公路上行驶时，狗狗吠吠地冲出花园，咆哮着企图用牙齿咬住橡胶轮胎。“可见，”作者想道，“狗狗压根儿就不懂事。所以，它不光是不明白，这是一件没有生命的东西，只是一辆车，一辆咬不得的汽车。可见，它压根儿什么都不懂。昏暗和令人难以置信的混乱统治着狗脑……”

不，作者谨慎地说，聪明是有的，愚蠢也是有的。（注释Ⅺ）

第二十二章
他的家庭、亲属和熟人

现在我们将按顺序介绍一下我们教授的亲友。

首先，可以说，在我们的全部内容里排第一的是他的女士、他的妻子和他生命中的女朋友，他自己都颇为吃惊，跟她已经生活了二十五年。

她个子不高，枯瘦，戴着夹鼻眼镜，是个貌不惊人也没有内涵的女士。

她在自己家里甚至都仿佛不存在，只不过时不时地整出些动静以示活着——跟邻居、保姆或看院子的人吵架。每到这时，她高声咆哮和尖叫，朝丈夫大声嚷嚷，说她被人欺负了，而他，一个男人应该站出来保护她。对此教授年轻时说：“你躲开点儿，别在意。”等到老了，他就说：“你走开，大妈，哪儿凉快哪儿待着去……”

她不习惯干活，更不用说工作了，靠着丈夫过了二十五年，她的事情就只是安排饭菜或给自己缝制新的家常衣服。

二十五年里她勉勉强强生了两个孩子，还流过一次产。这就是她这辈子做过的事儿。

其余的时间她什么都不做。不过她年轻时疯狂地嫉妒她丈夫的每一位女士，醉心于舞台与戏剧，沉湎于歇斯底里大发作。将近四十岁时她又把剩下的时间全部奉献给用纸牌算命，经常占卜摆卦到深夜。

她对此甚至颇有些狂热。她摆纸牌占卜，从完全子虚乌有，最最荒诞无稽的东西里毫不犹疑地算出譬如午饭很快就会摆上，今天是否下雨，自由贸易是否还有回来的时候，丈夫是否会有钱等诸如此类及其他，一股脑儿全都是乌七八糟的胡扯淡。

尽管跟有学问的丈夫生活了二十五年，她什么都没学到，也什么都不懂，但有时候，她反倒是蛮喜欢插嘴谈论些天文学的概念，例如土星、天王星、银河、日珥等。甚至，倒是不经常，她还打算谈些复杂的话题，搞得教授摆着手，走回自己的房间，用门钩把门闩上，直到第二天才出来。

不过她的孩子却极好。特别讨人喜欢的是大的那个女孩莉达，她现在二十三岁，大学毕业，从年轻时候起就完全拥护苏维埃政权。正因为如此，她跟父亲争吵，指责他的反动观点和落后。

不，她不漂亮，没有女性的魅力，不大灵巧，举止像个男人，笨手笨脚的，男人们看她也没有那种恍恍惚惚的眼神。

因为她把自己全身心地投入到本职工作和社会工作中。她是一名积极分子、先进工作者和热衷于献身的人。

第二个孩子，名叫科利亚的十九岁男孩，是一个体弱多病的青年，大部分时间都在医院、疗养院和休养所度过。我们不会谈到他。他呀，唉，很快就要死了。

教授的家庭就是这样。

说到他的亲戚，委实不多：教授的兄弟是著名的妇科医生，在一家大型建筑企业工作，还有两三个侄女，关于她们，为了节省纸张起见，当然也就不说什么了。

至于他的那些熟人，教授在革命年代就跟他们都失散了。从列宁格勒搬到儿童村后，教授完全没有认识的人，再说，他也不刻意结识新交，更没有去寻找故友。

在工作中，教授跟任何人的关系都不密切，总是一完事就走，急匆匆去赶火车。

这就是关于教授的大致情况。一句话，他既没有亲近的人，也没有朋友，更没有要好的人。他甚至连一只可以带着去散步的癞皮狗或孬羊都没有。

他们有一只猫。没脑髓又愚蠢的动物。

这个可怜的小动物，教授一点儿都不喜欢它，总是用报纸、书籍，甚至胳膊肘把它赶开，让这个愚蠢的动物无处容身。

不错，他实际上是一个非常孤独的人。而这就愈加奇了怪了，他居然能够让自己青春复返。

第二十三章
他的邻居

噢，对了，我们忘记说他的邻居了。那是一个偶然相识，在他的人生中扮演重要角色的一个人。

因此，此处就得有更多的描写刻画和评述，之后我们再进入主题。

总而言之：我们这个引人入胜的中篇小说已经初露端倪，故而作者请求读者莫要因为它谈论的抽象倾向而太过恼火。

这么着，说说邻居。

邻居姓卡列特尼科夫。属于小公务员层次。

卡列特尼科夫同志本人是个会计师。他的妻子在“电力打谷场”任职。这位会计师还不老，刚刚四十八岁，除了职业一无所有。这个人沉默寡言，一只眼睛上长了个针眼。而且，据说还是彻底的阳痿，他是个神经质的人和精神病患者，想的就只有他自己的病和不舒服。

他妻子这位女士，这么说吧，刚好相反，浑圆滚壮、精力充沛且极其健康，颇讨男人喜欢，上了年纪才开始放荡起来。

她有个叫什么卡什金的情人，他报出自己那个不怎么样的姓氏一点都不脸红。

那个人阴沉沉的。秃顶，留着小胡子。是个骗子和下流胚，厚颜无耻的滑头。脸上长满雀斑，鼻子横宽。小手指还曲里拐弯的。他在马场供职，不晓得是个什么角色，也不晓得干的什么活，鬼才晓得他是什么人，大概是个驯马师吧。

反正，他那罗圈腿走起路时，小胡子翘着，天晓得他在那里干的是个什么工作。

这个喜欢说三道四的恶棍，是一个恬不知耻的下流胚。他公然表达自己的政治观点和看法，厚颜无耻地凌驾于迄今为止地球所拥有的生物之上。

他说，他首先想的是活着。其他一切的存在于他而言，说不定多多少少都妨碍到了他的生活。别的事情他压根儿不在乎。他唾弃世界问题、思潮和学说。论及观点，晓得吗，他会说他不是领袖和政府成员，所以他不打算让无用的观点塞满自己的脑袋。取而代之的是，他会更好地思考私人事务、快乐和建设个人生活。总的来说，顺便提一句，他认可每一个掌权的政府，并且每一个政府他都热烈拥护。

他用历史的必然性掩盖这种卑鄙的意识形态，说没有偶然，如果有人掌握了政权，那就是说，历史注定站在权力的一边并掌管大事。

一般说来，他过得蛮笃定的，不操心什么事，快意生活，特别健康，还特别会支使人。他到这座房子来，有如出入自家家门，吃穷主人不说，还对他们的大小家务事发号施令。

接下来是独养女儿图莉娅。一位相当漂亮，睫毛长长柳眉细细的相貌迷人的小姐。

最后这个十九岁。

她在国内战争最困难的那几年里长大，当时人们吃的是燕麦、土豆皮和芜青，可她却长成脸蛋红扑扑、气色蛮好的团团脸，倒好像是吃松软的白面包、甜点心和凤梨长大的。

她的魅力和漂亮帮了她的忙，只不过是倒忙。诱惑和选择过多了。到十九岁时，她已经换过五任丈夫，做过七次还是八次流产了。

现在她以未出阁女儿的身份与父母住在一起。

事实上，这是一个轻浮的小姐，脑袋里装的全是绉纱、薄纱、丝绸、连体裤、丝袜和其他女士套装。

她最大的愿望是什么都不做，一边躺着吃出口的甜食，一边听各种恭维话、承诺、求婚、请求、需求和惊叹。

面如满月。微凸的眼睛乌黑。性感的小嘴涂着唇膏。丰乳肥臀。浑圆的肩膀修长的小腿。那里面所具有的疯狂，正在等待着她所青睐的物件。

不，她不是社会主义社会的产物。她的出现是某些神秘而复杂的生活过程的反应。它纳入不了苏联现实的框架。

她是为资本主义制度而生的。她需要的是四轮马车和小汽车，女佣和捧着帽盒的丫鬟。她需要的是拿着马鞭架着单片眼镜时髦讲究的帅哥，穿着灰色羊毛斗篷的小狗，谦恭开门的门卫。再就是面对她的富有和迷人，一连串毕恭毕敬的兴奋、赞美和羡慕的窃窃私语。

不是，她对这样的生活一无所知，从来没有见过。但是她猜想着梦想着，并且描绘着她这幅想象中穷奢极欲、童话般华丽的图画。

现时代的气息跟她不搭界。她不懂也评价不了新生活的长处。她以为这个新生活只是一个暂时的不幸，只是一时的不顺利，就像某个人倒了霉一样，运气不好总是会过去，到时候总归过去怎么样就怎么样，而且永远如此。

话虽如此，她还是早早地就意识到了她所有的机会，这些机会眼下委实不多。

她意识到自己在社会主义社会发不了财，至于男人，即便再有十五个，也不可能为她创造一个奢侈的、童话般的生活。至少在今天不可能。

于是她开始注意那些社会地位显赫，肩膀上缀着菱形章或横杠①，或者带什么标志区别于凡夫俗子的男人，打算凭借他们一步一步可以走向生活的巅峰。待到高高在上时，她要张开她的翅膀，迫使世界接受自己稀奇古怪的条件。

话虽如此，她却一个合适的人选都没找到。她遇上的打工仔，收入有限，都是些埋头干活的人。

由于经验不足，她犯下许多错误。她最早的那些男人全是些毛头小子和黄口小儿，他们被她的美貌迷住了，梦想她会成为他们的女朋友，甚至成为敬爱的同道，可以执子之手，一起走向光明的未来。

但是从第一天起，她就对金钱和服装表现出那么强烈的迷恋，对一切物质享受可以说是如此炽热疯狂的追求，那些陷入情网的年轻男人，从第一天起看着她都吓坏了，纷纷抽身退步，意识到她会缠住他们，会把他们带进监狱或者鬼才晓得的什么地方。

五个丈夫，当然有所不同，全都在第二个和第三个月抛弃了她。

她每次都是哭着回到家，发现她做姑娘时的房间没有任何变化。这个房间父母为她保留着，这么说吧，就是为防备十万火急之需，而这种需要已经有过五次了。

会计师老爸忙于治疗自己的不舒服，对女儿的回家无动于衷。他说："啊，你这是……回来啦?"旋即又耽于自己的思想或治疗。

---

① 菱形章和横杠是苏联 1943 年前用过的军官等级标志。——译者注

母亲唉声叹气。那个无赖的卡什金则笑了，说小姑娘会随着时间的推移变得聪明起来，让所有生活在地球上的男人都他妈的吃苦头。

其实小姑娘是她父母的亲爱女儿，是她母亲的，主要是她父亲的，他这辈子过得那叫一个疯狂，他曾经认定除了爱情之外，世界上什么都不存在。

现在，他忧郁地坐在门廊上，沉浸在悲伤和绝望中。他坐着，手支着脸颊，望着远处，回忆着什么。有个路过的女人让他打了个激灵。他坐端庄了，眯缝起眼睛，咬着嘴唇，大声清了清嗓子，仿佛是在邀请那个女人朝他这边看过来。之后，他摆摆手，又潜回自我，陷入自己的回忆中。

不晓得为什么他把自己的不舒服和失去健康归罪于跳蚤的叮咬。

他恶狠狠跟这些寄生虫战斗。每个月好几次把所有的床、床垫、羽绒褥子和沙发拖到花园里，他把火药撒到床上烧，用棍子拼命敲打一切可能被捣毁的东西。

他创建了一整套理论，据此他得出结论，说夺走他健康的是因为至少有过三百万次臭虫和跳蚤的叮咬，四十八年里它们往他的血液中注入各种有毒物质和细菌，吸了他至少十升血。

他用各种家庭器具治疗他在家里中的毒和他的神经紊乱。

他看不起医生，说他们最终会把他搞到筋疲力尽。他听从朋友的建议，喝各种各样没用的汤药和酊剂，大冬天在盛着蓬松白雪的浴缸里一坐一个半小时，夏天则泡在没到腰部的冷水里，为此他经常生病，感冒、长癣、发湿疹、长针眼和四肢贫血。而且每当他往圈手椅或长椅坐下时，都相当困难。

任何别的东西都引不起他的兴趣，也打动不了他，他甚至感到惊讶，除了健康，居然还有什么可以打动人们。

反倒是他工作起来勤勤恳恳，人们说，计算和数字对他好比是一个分流器，把多余的血液从双腿上引到头上。

对妻子的情人们，他倒能容忍，有时还跟他们下跳棋，玩纸牌斗傻瓜。

但是，每每地平线上出现一个新面首时，他表现出种种可怕的愤怒迹象。他狂怒、挑事、号丧，威胁要杀死所有人，不然就变身成温柔热情的丈夫，有那么几天真的赶走了新情人。那小子因为不习惯吓坏了，以为向来如此，将来也会如此。

过了开始这几天，会计师缓和了，熄火了，彬彬有礼地在家里接待起朋友来。

最近的这个新面首就是卡什金，会计师像怕火似的怕他。的确，这样的家伙没人不怕。这一个是很做得出的：大喊大叫、劈耳光，甚至赶你出家门。

他每天都来。迈着罗圈腿，往上捻着小胡子，哈哈大笑得轰隆隆响。

他开着玩笑，寻着开心，嘿嘿地嘲笑会计师说：

"那么，您打算怎么改善健康状况呢？"不等听到回答，就迈着罗圈腿朝女人走过去，那边已经穿好了花花绿绿的外衣，洒上古龙水傅好粉香喷喷地正等着他呢。

这个坏女人，从前的母亲，在自己女儿面前一点都不难为情。相反，她还经常跟女儿讨论，像跟闺蜜谈天那样，哈哈大笑着拿女儿生活的一些细事寻开心。

这就是卡列特尼科夫一家。这就是那个十九岁的小姑娘图莉娅，她在我们教授的生活中扮演了至关重要的角色。

然而并不是她给他找回了青春。恰恰相反，她差点毁了他已经开始的一切。

第二十四章
教授越来越老

曾经以共同的利益为生，和睦的教授家庭，明显松懈了。大家已经不在一起进餐，每个人在不同的时间在各自的房间里吃饭。只有晚茶照旧给大家摆在教授夫人的房间里。

喝茶时的谈话干巴巴的，一成不变地说些天气、柴火、食物和生活中其他鸡毛蒜皮的琐事。

可是有一次，精力充沛、活力四射的莉达粗鲁地大喊大叫，跟父亲争论，指责他的反动观点、落后和脱离群众。

父亲无精打采地为自己辩护，踌躇着要走开，但是，被嚷嚷着要求解释时，他开始发火了，高声责备女儿的不敬。

什么叫不敬？真是胡说八道！不，她跟他谈话时没把他当父亲，而是当作一位老同志，他想错了，需要警告。须知他聪明，受过教育和品格高尚，不应该站在泥潭里捍卫旧的反动世界，与美好的未来背道而驰。

父亲被她放肆的言论惹火了，越来越愤怒，趁着正在火头上说出了自己的观点和看法。

不行，他愤怒，一个什么都不懂的小丫头片子竟敢警告他。不行，凭什么呀？他是一个诚实的人。他总是站在新生活一边。但他在某些事情上看不到逻辑。他看不到未来。他不想和大家一起幻想。概言之，他无法想象没有金钱关系的生活。不，他不反对社会主义。如果它实现了固然好，但它可能实现不了。这是浪费时间。这是浪漫主义的谵语和幻想，他非常尊重，但是有权利不相信这个未来。

莉达激动地咽着吐沫，挥动着手臂，要求她父亲具体指出来，到底是什么在他看来不可思议、不可能，他认为什么没有逻辑。

然而父亲避而不谈，嘟哝着说他还没有完全想清楚，等他自己都弄清楚时，会把一切告诉她。

这些话语以高喊和尖叫而告终。愤慨的父亲被明摆着的、是人都懂的问题逼到墙根儿走投无路，失态了，唯有用呐喊、责备和眼泪保护自己。该死！好吧。对不起了。是的，他就是赞成资本主义世界。是的，他认为去欧洲做乞丐更好。他更喜欢在那里敲开资产阶级的大门。有时候他的心情就是如此。就是他亲生的孩子把他带到这种地步的。想对他做什么就做什么吧。

莉达张着嘴巴，惊讶地望着父亲。她被他愤怒的力量和兴奋的力量震惊了。怜悯充满她的心，但是她克制住自己，勉强笑着从桌子后面站起身，耸耸肩膀，走了。

又愤怒又兴奋，瓦西列克走出房间，又摔椅子又砸门。

他走出花园来到街上，他迈着步子挥动着手臂。他害怕这爆发，认为这有可能会毁了他，或者更加损耗他的体力。可是每次这种愤怒爆发之后，他都惊讶地发现，他的萎靡不振和虚弱感都会消失，甚至一些勇气和朝气仿佛又注入他的血管（**注释Ⅻ**）。

他回过神来，稍微平静了点，甚至可以工作了，写信、备课、看书，这在他非常罕见。然而第二天早上起床，他感到浑身无力，疲惫不堪，勉强挪动着脚步去上班。

这样的谈话越来越多，愤怒的爆发愈演愈烈，越来越可怕。

教授夫人摆动着双手，乞求冷静，避到另一个房间躲开罪恶。瓦西列克怒气冲冲地大发雷霆，大吼大叫着跑出屋外。

在这样的日子里，邻居卡列特尼科夫家的人因为不明就里而担心，出于好奇留心听那些呐喊，等待着吵架吵到街上去，到那时他们就全都搞清楚那边是怎么回事了。

下流胚卡什金推测，是丈夫跟妻子打架。因为恨极了教授夫人，他搓着手这样说："喏，好样的。谢谢，咬死老太婆。早该如此了。"

这些狗血的居家场景彻底把教授的家庭摇散架了。

瓦西列克本人竭力避免闹架，一味害怕女儿。他避而不见，照面时则愁眉苦脸的，要么就用哀求的目光看着她。

现在这个家庭在花园里的聚会越来越少了。

在温暖的夏天和秋天的夜晚，就在不久前，一家人还坐在门廊上，和颜悦色地东拉西扯，现在这几乎中止了。

有一次一家人聚在花园里，大家颇不自在地默不作声。莉达在吊床上悠荡。瓦西列克在小径上溜达，在青蛙之间穿行。夫人坐在门廊上。科利亚当时也在家，待在敞开的窗边。

终于，夫人想打破僵局，瞎扯起来。

"瞧呀，好像是土星。"她用手指随便一指说。

教授苦笑着开始数落她，难道她在跟丈夫一起生活了二十五年后，仍然没学会分辨太阳系？土星在这个时候是不会出现在这四分之一天际的。

莉达希望理顺与父亲的关系，随便找出一个什么星体问他。于是瓦西列克心有点软了，开始聊起天文学和这个领域里的新发现。

只不过很显然，说的聊的已经够多了，得有新听众，给演讲者鼓鼓劲儿。

这样的听众找到了。最合适的就是邻居家的朋友卡什金，一个爱好探讨科学话题的人。从远处看到教授一家人，他走近栅栏，用无知者昏昏欲睡的眼睛望着天空，压根儿什么都不懂，也分辨不出来哪里有什么，尽说些月亮上是否有人诸如此类的蠢话。

教授苦笑着描述了一下那个没有空气和任何生命的死寂星球。

“那么请告诉我，教授，”卡什金说，无赖兮兮地打量着天空，“您的木星在哪里待着呢?”

教授把木星指给他看。卡什金一边用碎片还是稻草剔牙，一边打听宇宙的事，尽管他的任何事跟宇宙完完全全不搭界。像所有的人一样，真的，困扰他的最大问题是，其他星球上是否有生命，假如是这样的话，那里究竟什么样，教授是否认为，那里有马有狗还有商店。

教授热情洋溢地说，天文学是最精确的科学，事实上，它并没有揭开问题的谜底——在其他星球上是否有生命。这在天文学里属于三流问题，科学更感兴趣的是宇宙物质的构成，而不是寻找生物，更何况找狗找马了。

话虽如此，教授还是谈了一系列的推测。他谈到火星和金星。他讲那里温度如何以及可能有的生命。他谈到其他更遥远的行星：木星，那里的一年等于我们十二年，而一昼夜只有十个小时；海王星，那里的一年等于我们的一百六十五年，那里的春季长达四十年；土星，被一个圈环绕，那里的一昼夜也是十个小时，一年则差不多等于我们的三十年。

这些基本事实大大惊到了我们的卡什金。对教授的每一句话，他都说“不可能!”，要么就是“说什么您呢!”，要么就是“别逗我了!”，这类的插嘴惹恼了教授。

“我很抱歉，”卡什金说，“什么叫一昼夜十个小时？您就别逗我笑了！这么点时间他们能干吗?”

教授谈到适应性，但卡什金被这些个短暂昼夜所打击，做出自己的推理、结论和猜测。

“那好吧，”他说，“那么，就让他们睡三个小时吧，喏，让他们劳动四个小时，不过三四个小时，您看，对我来说不够打理私事的。总归想着到处走动走动。我没说上剧院。剧院我几乎没去过。够不够？有的电车有时候一等就是一个小时甚至更久。要么就是在哪里购物——一站就是一天一夜。不行，他们的生活太仓促了。晓得吧，我们的生活到底要好些，即便有蛮多差错不协调，那是自然而然的，但是有二十四个小时我们就可以把所有的差错不协调搞定。对付混乱我们有这么多个小时足够了。”

但是卡什金对那些一年长达三十年和一百六十年的星球的程序也极为不满。

“对此，”他说，“我，教授，无论如何不能妥协。您知道，这简直是岂有此理、过火冒进。一年等于一百六十年！怎么着？我，譬如，是秋天出生的，在九月。这就是说我，上帝保佑，得拖到春天生出来。这意味着我甚至连夏天也看不到。哪怕我活到七十岁。不，您知道，我不同意这样……见他的活鬼，他们究竟是怎么习惯的？喏，还有收获。是的，他们，这些无赖，不播种，然后等上一百六十年，喝空气吃蘑菇……还有，就是说，他们的五年计划长达五十四年。真可爱！那么，您知道，都是些无赖在那里住着，而不是人。”

教授对卡什金的研究宽容地笑笑。他们二人都非常精细，搜寻着那漫长一年的缺点和荒谬，计算着那里的五年计划一星期是多长时间，在那里都应该有什么特点。

莉达皱起眉头，说这可是反苏笑话，她要求别再说了。

卡什金迈着他那罗圈腿离开了，完全被科学知识搞糊涂了。

这些知识让他如此上心，以至于他在这种情况下，没到女人那里去就回家了，他摇晃着脑袋，怀疑地冲着星星哼哼，明显不相信。

卡什金走后，瓦西列克好像为自己的轻浮和笑话道歉似的，又一次讲起有关新发现、太阳运动和宇宙的永恒冰冷、地球的死亡以及人的认知不可企及的无限空间那些事。（注释 XIII）

第二十五章
金钱、爱情、年老、彷徨

家里的不愉快彻底破坏了教授的健康。但是他生气和恼怒的，不是因为在论证中，莉达，一个小丫头片子，他的女儿打败了他。他是生自己的气，气自己迄今为止仍然无法接近某种确定的、明白无误的政治决策。

一会儿，他觉得一切都是正确的、必要的和美好的，甚至是宏伟的。一会儿，一遇上过日子鸡毛蒜皮的琐事或者人际关系，又正好相反！他摆摆手说，这一切都是胡说八道，一个不存在的幻想。

矛盾中，他真真切切地痛苦、不安，迫不及待要接近某种他并不遂心的决策。

这种种矛盾破坏了教授仅存的健康。他开始睡不好，气喘，老用手捂住心口，感到从来不曾有过的疲倦。

因为年轻的残忍，莉达没有注意到瓦西列克的这些痛苦。她想无论如何都要让父亲醒悟，把他从前生活的理想主义垃圾全部倒掉。在她看来，她父亲什么都想不到，他根本就不是一个懂政治的绅士。正因为如此，她不厌其烦地与他谈论政治，惹恼他，使他疯狂。

莉达的生活突如其来地改变了。一天，从列宁格勒回到家后，她用平静的、平常的声音告诉父母，今天她嫁人了，跟单位的秘书登记了。

父母张着嘴，听着关于如此重大事件却如此平静的谈话，摸不着头脑，也不敢问。

是的，她嫁人了。暂时她还住在家里。但春天或秋天，丈夫拿到公寓，到时候她就跟家人分开住。

母亲激动不已、目瞪口呆，请求至少把她丈夫带来看一眼。

是的呀，她当然会带他来的。只不过他太忙了。他现在顾不上私生活。她自己每星期才见他一两次。那还得是他不出差。如果播种农忙期派他下去，那就好久都见不到了。暂时他们只能在上班时见面，有时也在午餐时间，五天里也就那么一两次。

老妈以为自己被占卜摆卦搞得有点疯癫了，听着女儿的话，甚至没搞清楚基本状况。

这一变化几乎影响不到莉达，既不影响她的性格，也不影响与亲人的关系。反倒是她跟父亲说话时，添了些许温柔和爱怜。而且跟他吵完架，她总是先去讲和。

然而，争论并没有停止。

“瓦西列克，”莉达的语气像是在跟一个小伢儿说话，“我想听听你的意见，还有，是怎么回事，你跟我们的分歧在哪里。喏，咱们别发火别骂人。有话好好说。我会尽力给你解释的。”

瓦西列克不相信软话，推脱着，嘟嘟哝哝地说不是的，他似乎好像全都同意，不过有些小事，关于它们真的不值得一谈。这蛮复杂，她不明白。

不，她将来会明白的。但现在她不明白：人们怎么就误解这个呢？一切都明摆着呢。好极了。打开的是如此雄伟壮丽的新生活画面，那里没有阶级、奴役、剥削。她不明白的只是，一个又聪明又正派的人却不能理解这些。他到底在怀疑什么？这算什么神秘的小事，她也想知道的。大概在这些小事背后，有什么大义把他推到阶级敌人的队伍中去了。

不是。他本质上不是敌人。那么就好，他会诉说自己的疑惑。只是他本人对此亦知之甚少。不，他本来就是反对资本主义的。

那么好吧。他就尽力解释解释。

是的，他同意资本主义不会提高人的道德品质。事实上，资本主义付出最大代价，为那些会做生意的人创造了最好的条件。就是说，最高的出价首先给到的是智慧方面实质上属于低劣的能力和品质，比如狡猾、机智，买得及时卖得合适。因此他承认，资本主义基本上是在培养和强化智慧方面的低劣品质。他承认，从战术意义上说，也许就在现在从根本上改变制度是正确的，这好过等待，就像孟什维克那样，一味指望人种改良和技术的更大进步。他承认，这种观点是一个怯懦的愿望，把问题的解决推给未来的时间，因为品种的改良自身无法进行，而且在未来的几百年里也看不到任何这种趋势。

莉达欣喜地听父亲说着，喃喃自语："啊，太棒了！啊，瓦西列克！啊，瞧瞧！他能跨过孟什维克。"

是的，他同意这一切。所有这些他认为是正确的和值得的。也许，唯有一件他已经解惑的事情让他不安。他谈到每个动物固有的本能，积累的本能和对那种暗无天日绝境的忧虑，没有这种本能和忧虑既没有安静的生活，也没有清晰，没有健康。那么，从这个意义上讲，国家以忧虑为己任。这是一桩修正改善的事业。但是，奇怪的是，有一件事他怎么都想不通。他怎么都放弃不了金钱的概念，无论如何不能理解所谓的金钱将不起作用的生活。是的，他反对剥削劳工，反对私人贸易和暴利。但是他反对平等。他赞成有钱的社会主义。

“哎呀，这都是些小事!”莉达笑了，“那么，咱们说定了。那么，瓦西列克，那好吧，说实话，问心无愧了！毕竟这是最空落落的问题。毕竟，金钱是习惯的问题。意识会改变这种习惯。还是你真的想带着金钱进入社会主义?”

是的，他承认，放弃这个习惯了的概念，是很难的。但在这背后，他看到更复杂的事情。哎呀，哪怕老年和生理缺陷，都是有偿的。

“喏，这可就找不痛快了,”莉达生气了，“你是不是跟魔鬼说好了才知道些什么吧。所以，你想让老年人变得富有，有能力购买年轻女人做妻子，是吧?”

不，怎么叫买呢？干吗说这么刻薄的话语？不，他想的不是这个。他只是现实地评估人的本性。他承认，用钱买来的爱情和尊重是毫无价值的。这实际上是令人恶心的，既给不了人快乐，也给不了安慰。然而在美学领域他并没有解决这个问题。他认为，年轻的女子有可能真心爱上一个地位比别人高的人。而一旦他的地位不复存在了——谁还会看上他呢？所有人就都去追年轻人了。

莉达强忍住笑，听着瓦西列克在说。

“啊哈,”她笑着，“老爸，瓦西列克，那就是说，然后只有你才会离婚！所以说，你，老洛夫莱斯[①]，说你自己能跟年轻女人结婚!”

瓦西列克火了，说她什么都不懂，而这就是它掩藏的全部生命。它制约的不仅是老年，还有成年。

---

① 洛夫莱斯，英国启蒙时期的作家理查逊的小说《克拉丽莎》里的男主人公，意为追逐女人者，寻花问柳的人。——译者注

轮到莉达发火了，她骂父亲是堕落、肮脏的老头，他需要的是卖淫，花钱买爱。

“没关系，”她说，“人家会把你们，这些老头儿们修理修理的。不让你们发展肮脏的本能，追求鬼才晓得的东西。您的老年还是活得干净正派点吧。假如您想要真正的爱情——爱上五十岁的您不会是为了金钱，而是为有益社会的工作、为智慧的微妙、为才华。为钱而爱是不光彩的。就不是真的。”

焦急不安的瓦西列克请求她别说了，因为她不明白事情全部的复杂性，他也完全不是在说自己，而是指一般而言。一般性地谈谈老年人和人们的渴望。他知道，如果一切平等，老年人就会被落下，得不到任何补偿。他了解人，他知道感情是怎么来的。

争吵和嚷嚷声再次爆发，侮辱的话滔滔不绝。情绪激昂起来。瓦西列克用拳头捶打着桌子，说她整死他了。莉达叫嚷着，老头，你应该考虑自己的科学，而不是想那些烂女孩，她说父亲的这些话真真是让她昏倒了，她被父亲的下流倾向惊呆了。

瓦西列克气喘吁吁地捂着他的心脏，从椅子上站起来，竟然把大檐帽扣到花白的头上，跑到大街上去了。

他走在街上，仿佛什么都看不见。后来他渐渐地不那么激动了。唉呀，为什么喊叫和激动？他的生活结束了。与此相比，一切都微不足道。怎么，他是才二十岁吗，那么急躁，还叫喊嚷嚷？多愚蠢！哎呀，多愚蠢，累不累啊！他走过一座座小房子，摆动着双手避让行人。他看着这些上世纪建造的木屋。在这里，在这个过去的皇村里，在这些房子里，过的是分崩离析的帝国旧日的宫廷生活，里面住的是女贵族和宫廷女官，近卫军军官和高官显贵，以及与宫廷接近的人们。他好奇地打量着窗户和门洞，那里曾经有四轮轿式马车与带折叠篷的四轮马车驶来，他在想象中看着那些从轿车里走出来的人们。仆役穿着红色的衣服。带着小狗的女士们穿着裘皮，戴着裘皮围脖。

还有一名近卫军军官，马刀叮当作响地走进门洞，去找某个胖得滚圆的美人。

不，他已经忘记这种生活了。而且似乎很奇怪，曾几何时有过这样的生活。在这一点上他没有怀疑。他鄙视这种贵族的生活，傲慢而庸俗。他被酒吧、豪宅，与生俱来而非服务换来的奢华生活所激怒。

可是他不知道要怀疑什么，要鄙视什么。但是钱啊，钱！新生活将是平等的，不会有钱。这个装不进他的大脑。

一位穿着丝绸大衣的年轻女子，嘴上涂满唇膏，甜美地笑了笑，朝他鞠躬。

他一开始并没有注意，没有作答。后来，转过身，看着她背影，猜不出这会是谁。

他并未马上就回转身。年轻的小姐恰巧这时也转过身来，矫揉造作胡闹着朝他吐了吐舌尖。不过，看他注意到她那无聊的恶作剧，便尴尬地闪到一边，哈哈大笑着用双手蒙住脸。

“会是谁呢?”教授想道，“哦，可能是邻居的女儿。”

他从来没有注意过她，也不记得她的脸。不过大概是她——嘴唇上涂了唇膏，臀部扭得俗不可耐、极其不雅。

还真是图莉娅。她约会完回家。此刻她为自己的恶作剧笑了起来，接着，红脸蛋的姑娘开心地，踏着舞步回家了。

她走到自家花园的小门旁，又回转身去。美人的一个可爱的习惯。她断定有什么人尾随她。但却没有人。老教授站在角落，看着另外一个方向，被旧日的幻景惊呆着。

她又一次朝这个干站在角落里的蠢老头吐了吐舌尖，笑着走进了院子。她还料想不到，这个上了年纪的人一年后将成为她的丈夫。

第二十六章

第一步

一天，瓦西列克面色苍白地回到家里，脸都扭歪了。

他躺在床上，告诉妻子他快要死了，让给他拿点冷水来。他往心口敷上布，一小时后，吸了口气，从床上坐起来，声音虚弱地诉说他发生了什么事。

是的，他的情况不大妙。心脏越来越差。萎靡不振和疲倦不堪使他恋床。失眠折磨着他。今天，他还心脏病发作差点儿死在火车上。

他把自己健康状况的急剧恶化归罪于他老了。不过，他认为，除此之外，他还明显患有某种神经疾病。他真的病了。

所有精神上的痛苦、冲突和矛盾，他生活上和性格里的一切特征，都能得出容易激动发怒的应激性结论，这对老年而言往往是无法补救的，其征兆与老年的征兆相似，或许还具有相同的本质。

要消除这种疾病，挽回消耗掉的青春，他的工作就必须多得吓人。

不过，眼下他可还没有这样的想法。有医生和大夫，他们会帮他鼓足劲儿的。

是的，他觉得，除了年老，他可能什么地方还有病。于是有一天他决定去看医生。

不，我们不会枯燥无味地解说他的医疗过程。

他在医生那里治疗了六个月。给他开了溴剂、士的宁、砷制剂、菲丁。给他指定浴疗和灌肠。给他裹上湿床单，电击他的身体。他被询问是否患有严重的疾病，童年时期是否沉溺于什么无节制行为。跟他讨论神经疾病的复杂性，用蓝光灯烤他的头，尝试给他催眠，用关于健康的乐观想法开导他。并没有人用简单易懂的语言告诉他，除了药丸和药水之外，他的病是怎么得的，还有要怎么治它。（注释 XIV）

简单点说，过了六个月，他变成了一个被折磨得精神沮丧的神经衰弱者，被自己疾病的所有症状吓坏了。一切都让他担惊受怕。假如心脏不好，他害怕；如果这天胃不行，他担心。他算时间，睡了多久，还没睡够多少，还需要再睡多久才能保持清醒。一直记挂着疾病，服药和治疗完全坚定了他的想法，即他病得很重。而疾病呢，被合剂药水提醒，也没打算离开病人。年老反而加重和勉励了疾病。

他请了假，眼下躺在床上，呼吸困难，经常是没力气站，没力气坐，甚至连躺着都没力气。

受这种状况的惊吓，他想去看看著名的神经病理学家。在最衰弱的一天，他勉为其难地从床上爬起来，强迫自己开始准备。

他刮好胡子，换了内衣，穿戴完了，拄着拐杖，晃晃悠悠地走到街上。

不过，让他惊讶的是，眼看着做完所有这些动作，非但没有累着他，消耗掉仅剩的力气，相反，他感觉到力气有点回来了，不过，旋即又没了。

但是，这足以让人考虑和用心审视疾病。不，他没去看医生，而是去公园散了会儿步，开始思想自己的病，审视它，分析它。

我们不会在这里描述一开始的治疗步骤和最初的错误。这件事枯燥乏味又无趣。我们将扼要地说一下主要内容。作者一刻都没有忘记，读者愿意并且想知道的，是教授怎么结的婚，怎么跟妻子离的婚，后来怎么样了。还有什么比这有趣或乐味呢。全都有。一切我们都会讲的。

于是，瓦西列克亲自着手研究他自己的病情。他弄来书、字典和医疗百科全书，开始认真阅读，做摘要和查看解剖图片、内脏的照片和图表。

这是一个艰苦而漫长的功课。对于教授来说，一切都是生疏的，每一个细节都需要研究和查验。

读着大堆的书籍，瓦西列克真心不痛快和遗憾，竟然没有任何教程、没有一本条例汇编，可以让他按图索骥了解自己的身体和心理的运转状况。

他的第一步是错误的和荒谬的。

意识到自己应该走出死胡同，他着手提高身体素质。他开始做体操，各种各样的转身和下蹲，做得他不停地哎哟和吱哇叫唤。他的心跳加快，差点儿没死掉。于是他放弃了这份够呛的作业，决定在此之前他必须先完成点别的什么。

他脱掉衣服，站在镜子前，悲伤地看着他自己的身体。多么可悲和可怕的景象！全身都蔫儿吧了，松弛了。一切毫无生气，浑身都是死亡、走样与衰颓。

要用这个做出那种美好的、年轻的、健康的、精力充沛的身体何其困难啊。

于是，他一面回忆着年轻的、健康的身体，那些有弹性的和紧绷绷的身体，一面做着比较，打量着，他究竟该做什么，以及要改变什么。

在这种情况下，意识到这个可悲的身体，全身上下的衰老，都是拜他的生活所赐，拜他的行为举止所赐，他决定尽可能地改变这种生活和行为举止。

接下来，他碰到那么多的困难，以至于绝望常常抓住他，他一动不动地躺上几个小时，决定不再战斗，随波逐流。

莉达来看他，抚摸着他的手，求他不要向绝望低头。“瓦西列克，”她说，“干吗想要这么治疗啊？有更简单和更容易的方式——贴紧生活。从事社会工作，把自己当作大家庭的一部分。你总归做得到的。”

但是他伤感地摇头，说这对他不管用，他永远感觉不到自己的真诚。他会试试独自战斗。

他决定改变他的生活、条理和一切习惯。要做到这一点，他必须消除一切刺激他的情况。

这样的情况非常多，而且又是如此不确定，要做到似乎不可能。

然而，随着一步一步地证明，他使自己合乎逻辑地得出这样的印象，他消除了导致他生病的原因。他回忆起他的年轻岁月，想起他是如何对待这种或那种事情，并竭力按照从前那样做，尽管这有时蛮难的，甚至做不到。他想要通过正确的行为举止祛除疾病，创造青春。（**注释XV**）

然而他想起来的不是塑造他性格的那些成年岁月，而是他的青春时代，那时他生活得无忧无虑，像花朵或者鸟儿那样不思不想。他回忆着那些年月，好比较和见出他所犯下的错误，是这些错误导致他衰老和衰弱。

于是，他给自己培养新习惯，辞别旧日善良的热情，祛除自己身上所有的激动、担心和忧虑，他突然在自己身上注意到某种年轻人的残酷，甚至有时还有可能是卑鄙，这是他绝对不想有的。

但是游戏已经开始。而况他不想停下来，也不能。只不过青春有如北极，离他还那么遥远。

第二十七章
青春的价值

一想到青春，一想到他能够重新年轻、鲜活、充满活力和无牵无挂，他相当激动，甚至震惊了。他跑出家门，长时间地在花园徘徊，拼命平息吓人的激动和全身上下的颤抖。

整个念头让他觉得如此惊人、童话般的、难以置信，同时又不是无法实现的，他越想，他将来日子的幸福图景就描绘得越清晰。

然后他走出花园，快步走进公园。还是在那里，在公园里，他拿着大檐帽，走来走去，又兴奋又惊乱。

初秋时节。黄叶落满小径和草地。不时有微风吹动树梢。乌鸦被轻轻袭来的第一股秋天气息所惊扰，难听地聒噪着。

瓦西列克坐在长凳上，大檐帽放在地上，他一动不动地坐着，闭着眼睛，一晃都不敢晃，以免打扰了他神奇的想法。

他把他未来的青春图景想象得超凡脱俗。

花朵。露水。夏天的早晨。太阳在小小的窗户里。快乐地醒来。无忧无虑。爱情。还有欣喜若狂、感觉的新鲜感和那些青春的愉悦感，这些他几乎都已忘却了，现在甚至难以记起，甚至一分钟都想象不到。

是的，他已经忘记了这些感觉。而现在，他一边竭力回忆，一边惊奇地发现，一切是如此的不同，它的力量和喜悦几乎是童话般的、惊人的。

他忽然想起第一封女人的来信。带香味的信封。纤细的字体。当他拆开这封好看的书信时，双手甜蜜蜜地颤抖。他忽然想起自己小伢儿的样子。第一勺果酱，因为太想吃太贪吃下巴都掉下来了。为钓鱼黎明时分起床时清晨的激灵和喜悦。

不，像这样的情形，从未出现在他后来的生活里。

是的，哪怕只是极短的瞬间，他也会不惜任何代价回报这些感受。

这时他微笑着思考起来：假如他找回几年的青春的话，他何以回报呢?

他是要奉献全部吗?——生命、亲人的健康、诚实正直，还有专业，以及从生活之初就习惯于珍惜和骄傲的东西。

想到这儿他大笑起来，对自己说，这只在童话里才有，没有人要他犯罪，没有什么“出卖灵魂”，没有因为青春复返而卑鄙无耻。他回报青春的将是他本人的技能，他宝贵的知识和坚持不懈。

回到家时他成了不同于以往的另外一个人。他用冷冰冰的眼睛看着自己的夫人，还有莉达，慢慢地走进了自己的房间。

就在昨天，他回家时还努力悄悄地溜进自己的房间，免得遭到什么盘问，免得碰到莉达，免得跟她解释、交谈和辩论。今天他微笑着，直瞪着眼睛从莉达前面走过，准备好了给她一个彻底的反击。

在很短的时间里他大变样了。他改变了自己的生活、习惯甚至心理。

他曾经习惯了自己的年老、疲惫不堪、拱肩缩背。他从年轻的时候起就习惯性地鄙视仪表堂堂、健康红润、膀大腰圆的人，他管他们叫动物和牲畜。如今他在想象中就是这样描画自己的。他爱上了这个形象，渴望这个形象。以前所有烦扰他让他不安的事情都不再搅扰他了。他对待所有的事情都与以前不同，对不久前还使他痛苦和担心的事情一笑了之。

碰到莉达，他殷勤地微笑，像个小男孩似的跟她说，一切都结束了，他诚惶诚恐地请求她别再瞧不起他，也别再拿毫无意义的问题和要求折腾他。至于政治问题，她只要明白他不是敌人就够了。总的来说，他是赞成社会主义的，而这样那样的琐事，他也会在没有人帮助的情况下，今后自己考虑和决定。这些他要等健康了的时候再说。一旦做出积极的决定，他将全力以赴，而况恢复健康也是为了共同的事业。

不仅于此，瓦西列克开始时不时地跟莉达开点小玩笑，说她是旧俄高等女校的女生、小丫头片子和田鸡，只能教教流鼻涕的小孩子，而不是他，一个教授，相当著名、健在的学者。他们的角色现在已然变了。现在轮到莉达，被冷言冷语、连讽带刺的话激怒发火，总是砰砰地摔门而出。而他则嘲弄地打趣说，在我们亲爱的祖国生活不晓得怎么的，过日子总有困难，而且这个困难当今依然存在。是的，当然了，他理解——这是增长的困难，但是总的来说，他并没有高估俄罗斯的人才，是他们发明了弧线和三角琴——无关紧要又滑稽可笑的东西，没有这些人才其他人完全玩得转。

莉达叫嚣说他是个鄙俗的庸人，说她为自己有这样一个卑琐的父亲感到惭愧。不，她会尽一切努力尽快离开家。她明天就要求丈夫把她带出这个俗窝。

然而她没走。她压根儿很少见得到丈夫，如今好像故意作对似的，他事务极其繁重，每天回家都很晚，睡上六个小时，又去忙他自己的事。他一天拖一天地推迟给莉达搬家，还说幸福不会离他们而去，现在有些事务比日常生活中所有鸡毛蒜皮的琐事都要来得更重要。

莉达有点伤心，同时对他的繁忙感到惊讶，他这是跟繁忙结婚了。她同意再等等，承认找公寓、搬家、各种家务事和家庭纠纷对他的工作都会产生负面影响。他称赞她的理智和政治上的成熟，他说他现在看得清清楚楚，选择了她真心没错，更好的妻子他现在肯定找不到……于是莉达被夸得心满意足，两眼热切望着丈夫，说她也一样，不需要更好的丈夫。他们以自己的方式幸福着，没有急煎煎地用亲吻和拥抱来打扰他们的幸福。

至于瓦西列克，他现在每天都做体操。一开始做些小小的练习和轻微的转身，转而再做复杂一点的——绕着花园跑来跑去，像山羊那样跳过花坛和长凳。甚而至之，没有人注意时，两手抓住小树枝向上攀爬，因为太受苦而噘起嘴，脸涨得通红。

在自家的房间里，他多半赤裸着或只穿薄裤衩，即便已是秋凉时节，上街仍只穿网眼衫、夏季的裤子，打赤脚穿鞋。这么一副乱七八糟的样子，对学者来说太不搭调了，他跑到车站跑到公园，碰到人一点也不难为情，回到家里，满脸发红，活力四射。

莉达吃惊地看着父亲，认为这老头儿有点疯了，而一切很可能会非常糟糕。

第二十八章
过去与现在

与此同时，邻居卡列特尼科夫家的生活仍一如既往。下班回来，会计师卡列特尼科夫照旧坐在门廊上，用傻呆呆的眼睛瞄着过路的女人。有时候拼命地拍打褥垫和羽绒褥子，用煤油炉烧床甚至木头的椅子和桌子。

这些拍拍打打成为每次吵架和嚷嚷的原因。

教授夫人给灰尘和跳蚤做的注释便是挑起是非和难听的吆喝。

沉默寡言的卡列特尼科夫不跟她拌嘴，朝她做个轻蔑的手势，愈加大力地用棍子拍打被子。卡什金呢，听到教授夫人的战斗呼号，连忙赶到花园，当即加入舌战，责骂教授夫人，叫她头发掉光了的傻瓜，没文化的俗女人，胆敢禁止他们所有的卫生活动。怎么着，承蒙她的关照，他们就应该嗅尘土，被寄生虫咬伤吗？很好。可是不，他才不理会她的愚蠢要求呢。他一边如此这般嚷嚷着，一边央求会计师尽量靠近围栏抖搂被子，甚至紧挨着篱笆，这样好直观地提醒教授夫人什么是清洁与文化。

房子里的女性居民没有参加这些战斗。图莉亚穿着丝质外套，不晓得正在哪里散步。卡列特尼科娃太太正在厨房里准备食物好喂她的面首，他因为大喊大叫为爱而战，身子都虚了。瓦西列克教授，虽然身体健康，偶尔为忧郁和情绪低落而感到痛苦，有时也会出来嚷嚷，希望排遣排遣，恢复恢复精力。他讥笑这些小市民的闹剧，希望双方和解，便开始东拉西扯。

跟卡什金交谈一番后，有一次还和他一起去散了步，之后甚至跟他交上了朋友。

教授被这个健康的、结实的身体吸引住了，这个人不知道什么是忧郁，什么是情感疲劳以及其他知识分子的感觉。

他仔细地打量着他，试图了解他是如何取得这一切的，以及他为此做了什么。

他想向这块原木学习学习，想要借鉴一下他的技巧和嗜好。

然而他看到的是愚蠢和不可思议的粗俗，就是这些保护此人躲过生活的波折。

得到教授的关注，卡什金感到颇为得意，看到教授对自己感兴趣，他磨叨起所有的荒唐话，闲扯他那些处世秘诀和格言警句。

“健康，”卡什金说，“谁都不是白给的。如果一个人生病，那么他就是一个不能反抗生活的弱者。说起来，我遵守莫斯科郡主教菲拉列特的意见，他活了一百〇五岁，从不让自己有一点伤心。我么，要说的话，不认为会为生活伤心。等到我要死翘了，或者等我快到那种地步时，到那时我再开始担心。等他们开始把我埋到潮湿的土地里时，该死，那时我会伤心，忧心如焚，请求朝着外面。说起来吧，我算是个人物，就愿意活着，而不是伤心难过。”

“那么，您有什么生活目的？”教授说，想要了解这个绝无仅有的人物的思想意识。“那么，譬如说，您追求什么？”

“您别笑话我，”卡什金说，“我追求一切好的事情，但是，当然咯，

像这样的目标，您晓得吗，我没有。”（注释XVI）

挽起教授的胳膊，卡什金迈着罗圈腿走在一旁，说教授生活得忧心忡忡的主要原因，是面对着无趣的妻子，假如他，上帝保佑，得到是这种夫妻生活，因为这样的妻子他一个月就得死喽。

教授回家后，在床上躺了一会儿，便开始思考他的婚姻和孤独。他本想谈谈话，开开玩笑，希望有一个轻松而有趣的关系。但是他看到的是一个冷冰冰的女士，戴着夹鼻眼镜，沉浸在自己的幻想世界里。

然后他开始回忆他的爱情罗曼史，那都是他过去的事了。他想起发生在九年前最后的那一次罗曼史。

他记得那个女人，他同事的妹妹柳德米拉·帕夫洛夫娜，那个同事是个富有的房产主，移民了，因为无产阶级革命逃去了巴黎。那个女人，美丽而古怪，不晓得为什么耽误了，留在了祖国，为此痛苦不堪，非常害怕她用自己无忧无虑、快乐的消遣换来的生活。

这是一件可怜而短暂的风流韵事，结束得很突然，确切地说，甚至没有结束：简单地说，瓦西列克凭借他的冷漠，以自己压倒一切的冷漠，不跟她解释，什么都没说，就不再来往了。

眼下他特别想见她，说些温柔的话语和承诺安慰她。

于是第二天，在列宁格勒下课后，他就到处去寻她。

他在她以前的公寓里找到了她。

他气喘吁吁地爬上楼梯，敲门，做好了不接待他，赶他走或者侮辱他的准备。

他穿过公共公寓肮脏的走廊，穿过晾晒的衣物，路过一会儿从这个门，一会儿从那个门探出头来的好奇的人们。

当他走进入房间时，他没有认出她来。一张老得不行的脸，冷漠的眼睛，灰白的头发和一件深色的绒布夹克，这些使教授大为惊愕，让他后悔自己的到来。

她坐在桌边喝茶，吹着茶碟。简陋的铁壶放在桌上。几块蛋糕搁在纸上。

看到他，她把手一拍，摆着手跳将起来，开心得不得了。

哎呀，她很高兴他来了，她经常想起他。他为什么这样看着她？难道她变得这么厉害吗？

他恐惧地望着她，毫不掩饰他的惊诧。

他没控制住自己，说了声："哎呀！"便口齿不清地说些问候和道歉的话语来。

他们坐在沙发上，不知道该说些什么。

最后，她说，她已经结婚了，她的丈夫是个工人，他爱她并且尊重她，而她和他住在一起，是因为她必须和什么人住在一起。不，她不像以前那样伤心难过，只不过是不想过去和未来。

说着话，她突然哭了起来，走到盥洗盆那儿，开始擦拭泪汪汪的眼睛，把毛巾擦得又皱又湿。然后，她又坐下来，胆怯地把手放在他的手上。

瓦西列克诅咒自己的现身，嘟哝些安慰的话，讲了讲自己的生活状况，便起身告别，还保证会多来看她。

他揣着一颗空落落、拔凉拔凉的心冷冷走出房间。走到街上时，大骂自己多余的造访。

他走到滨河街，手里拿着大檐帽。来自海上的秋风在他耳边呼呼地吹着，拂起他的头发。

不，他既不感到怜惜，也不感到悲伤。他感到孤独和巨大的空虚。

他走过冬宫，走近大桥。

电车铃声叮当。汽车喇叭滴滴。人们从身边走过，尽是陌生的，无动于衷的。

他在思想的是什么样的青春？真当胡扯！他是另一种生活里出来的老年人。他还记得这座搭在驳船上的桥。秋天的涅瓦河将这粗糙的设施抬得高高的。不是有轨电车，而是一辆有轨马车，由两匹马拉着，铃声疯响着爬上大桥。哎嗨，到前面再套上一匹马，驾驶员用鞭子抽打着，鼓励着动物们克服障碍。

在这里，桥面上来来往往的，是戴着圆顶礼帽的人们，马刀叮当的近卫军军官，华丽的贵妇人们慵懒地坐在轻便马车的座位上驶过。

当往昔生活的阴影紧随不舍时，让自己青春复返的念头是何其疯狂啊。

第二十九章
变化

终于，冬天来了。

瓦西列克已经恢复了健康，算得上精神焕发了。他穿上冰鞋，落落大方地微笑着，斜着眼睛飞快地滑来滑去。

他那有点臃肿的身材、小肚子，主要是长长的胡须吸引了溜冰场上的年轻人，逗得他们直乐。小孩子们嘲笑他，当着他的面大声笑着，有时候打滑的溜冰者甚至还撞上他。

但是瓦西列克英勇地抵挡住了所有的进攻。

当他穿着自己那双弯头宽刃冰刀的冰鞋出现在冰场上说，响起一阵阵惊叹和欢呼，……“老爹来了。老爹，你可别掉下去，你要冰把轧碎了。”

可是过完头两个月，他们就对他习惯了，甚至还非要他参加一个娱乐性的游行，集体速滑。

十六岁的小姑娘莉帕和纽霞，整个还是小丫头片子，革命后才出生的安坚娜、弗拉捷尔尼婕，还有沃洛佳都跟教授成了朋友，哈哈大笑着开心地跟教授比赛。

他们非要教授猜他们的名字，瓦西列克瞎蒙着说了一大串名字，都没猜出来，因而笑个不停，一个劲儿浑闹。

是的，这个体面的教授，满脑子都是星宿世界，这个人几乎是苍穹的统治者，倒背如流的知识是：月球的距离是多少公里，土星的重量是多少。这个人现在的交谈愚蠢至极，都是些最无知的空落落的话题：这个或者那个女孩儿上几年级呀，她的名字叫什么呀，她父亲可能是干什么的呀，等等。

瓦西列克满脸通红、有些疲惫地回到家里，自言自语地走到厨房，在炉龛里摸索着有什么剩饭没有。

他回到自己的房间，回想着发生过的琐事，脱了衣服，躺到床上，几乎立马就睡着了。

早晨，他早早就起来，做体操，在花园里跑步，吃点东西垫补垫补，乘火车去列宁格勒。

与此同时，邻居家出事了。可怜的女孩图莉娅，盘算着嫁给有菱形章的男人，又哭着回家了，还说她太倒霉了，男人比她以为的更流氓。

向来对这类事情漠不关心的会计师卡列特尼科夫这次有点激动，说：这太过分了，他养活不了这个贪心的女孩，她会做的就是回家，给父母突然袭击。

卡列特尼科娃太太对图莉娅生活轨迹的一成不变感到惊讶，吩咐她去参加工作，认为现在对一个女人来说这比其他事情要更靠得住。

卡什金却说，她至少也该嫁给他们的邻居教授，那人大概也正梦想这个，他还会带她去南方的海边和疗养地。他若是死了，肯定会留给她一大笔针对有特殊贡献的个人特定的退休金、所有财产和承租的房子。

图莉娅含着眼泪听着建议，摆着手，尖声尖气地号啕大哭。听到教授的名字后，她突然回心转意了，擦干眼泪，说这个她可能会喜欢。而且，假如这事儿成了的话，她就一、二、三，直接把教授夫人从她自己的道路上撵走。

卡什金受到这个想法的启发和讨厌教授夫人的鼓励，感觉到他的组织能力，决定亲自推此事一把。

次日他去找教授，凑到他耳边打喳喳，拐弯抹角地说道，现在教授的磨难结束了，他可以，如果教授愿意，让一个正儿八经的建议成为最好的作品之一，那就是绝色的小美人和机灵鬼图莉娅不晓得为什么最近老是为教授伤感。

瓦西列克有点被这个消息惊到了，开始推脱，声称他并没有考虑这种事，而况，他其实并不喜欢那个涂脂抹粉的洋娃娃，她拔了眉毛，鬼才晓得走起路来像什么样子，只能诱惑好色的傻瓜，但绝不是他。再说他原本就比较喜欢谦逊可爱的女人，生着忧伤的眼睛，举止端庄。

但是卡什金不再在教授耳边喳喳，猛然朝他大喊大叫起来，指责他不晓得为什么忘恩负义，还一口咬定他穿得倒是漂漂亮亮，其实绝对没有丝毫天赋。他吩咐教授去他们那里做客，对他自己的建议深信不疑。

有一点尴尬和胆怯，瓦西列克第二天磨磨蹭蹭地穿过花园，到他们家去。

图莉娅的妈妈，从来没有在近处见过教授，由于气愤和吃惊，对卡什金讲，这人这么老了，未必能给她心爱的女儿幸福，说完就退了出去。

可是卡什金朝她一挥手，大声嚷嚷着命令她不要掺和自己的事情。他吩咐她去厨房准备点特别的东西，必须是教授和学者爱吃的。

然后，他命令图莉娅举止不要太过随便，吩咐她不要老是把腿转来转去，说是教授不晓得为什么不喜欢这样。他把她带到瓦西列克面前说，两年前她就爱上教授了，当时，她第一次看到他在花园的草地上睡觉。她好像记住了那个温柔的、谦逊的和纹丝不动的样子，它后来搅得她好长时间都无法在意其他任何一个男人。

图莉娅笑了起来，用银铃般的嗓音说，她没见过睡着的他，但坐在长椅上的他的确见过许多次，他悲伤和疲倦的样子每每都令她惊讶无比。

他们聊了起来，回忆偶然的相遇，而卡什金则跑开去找会计师了。

在门廊找到会计师，卡什金吩咐他到客人那边去，命令他届时非常严肃地谈些科学话题，任何情况下都不允许会计师提及任何身体上的不舒服，说是讨论疾病会阻挠或者破坏事情的进展。

家庭晚会进行得相当顺利，除了卡什金所说的那些话。他急于求成，把话都说到底了。他大声建议教授对他们正在讨论的事不要推辞，边说边朝教授挤眉弄眼，拍着教授的手，叫他年轻人、凶猛的大力士、一个勇驾驳船的男子汉。

会计师两杯酒下肚，醉了，满嘴胡言乱语，拥抱着教授，说假如不是因为教授身体不适，他会用他所有的科学成就改变世界。

美丽夺目的图莉娅散发着香水的芬芳，向教授询问他那了不起的职业，最感兴趣的是，从事如此困难、费力细致的科学事业，教授的报酬如何。

从这天起，教授开始每天造访邻居。图莉娅表现得非常正经和高贵，允许教授每晚吻她的手两次。

刮干净胡子，洒上香水，瓦西列克年轻了十岁。他每天来看图莉娅，和她一起待很长时间，谈谈这个聊聊那个，规划未来的生活。

女孩说她同意做他的妻子，但是她提了一个不可缺少的条件——刮掉或者至少剪短教授留的小胡子，她说男人们现在都不留这样的小胡子了，说这太可笑了，跟他走在一起她只会难为情。说到这一点，她差点儿哭出来，还放话她的意愿一定得执行。

瓦西列克真的在最快的时间里剪掉了他的胡须，只留下小小的一条，微微地染成棕色，又年轻了五岁。

瓦西列克现在回到家，每次都颇为尴尬，对即将到来的解释有点担心。但是没有解释。莉达用恶狠狠的目光看着父亲，一面轻蔑地呼哧，一面背过身去。

至于夫人，她倒是好像没注意到任何东西，疯狂地摆着她的纸牌，拼命想找到她那些可疑和古怪问题的答案。

这期间瓦西列克的健康状况好极了。他感到年轻和充满活力，他感受到这种力量的勃发，以及他已经多年不曾有过的那种心旷神怡。（注释XVII）

他能够像从前年轻的时候一样，长时间工作，他甚至开始把他八年前扔掉的讲义记录下来。

他兴致勃勃地早上起床，去工作，回家，急煎煎着找图莉娅。对她他感觉到依恋、感激甚至是钟情。

卡什金朝他眨巴着眼睛，搓着手，说些鼓励的话，教授听得陶醉了，欢天喜地的。

在春季美好的一天，教授装满两个手提箱，给妻子写了一张字条，悄悄地走出房子，搬去邻居家住了。

第三十章
悲剧

悲剧比预期来得更强烈，更严重。

好久都没明白发生了什么事情的教授夫人，现在一下子感受到事件的严重性。

莉达为父亲羞耻和脸红，颤抖的手抓着那张字条，对母亲说了许多安慰的话。她母亲则目瞪口呆、迷迷糊糊地坐在扶手椅上，盯牢一个地方一动不动。她不哭，也不号啕，连眼泪都没流。

这个古怪的中年女人，一直生活在她自己那个幻想的世界里，骤然感觉到自己的不幸、幼稚和委屈。

可怕的绝望抓住了她。迷糊了几分钟后，她开始在房间里乱窜，歇斯底里地大喊大叫，躺倒在地板上。她的发作和悲伤如此之强烈，让莉达都想要跑去找邻居，请求他们归还逃犯。

不过到了晚上，显然，被遗弃的女人稍微平静点儿了。她穿上丝绸连衣裙，涂红了嘴唇，长时间站在镜子前，仿佛在琢磨，在紧张地思考。

莉达以为母亲平静了，就回自己的房间去了。

可是到深夜，保姆索尼娅来告诉她，说夫人只穿着一条连衣裙不晓得去了哪里。

感觉不妙，莉达跑到街上，没找到母亲，便给邻居递了张字条，惨兮兮地把这件事告知瓦西列克。

教授看完字条后就要往家跑，可是想了想，留了下来，并请卡什金去了解出了什么事。

被极度的好奇心驱使着，卡什金求之不得。他一眨眼工夫就跑到莉达那儿，得知夫人穿着一件薄薄的连衣裙走了，就猜她肯定是去火车站，很可能上了过路的火车。做完这个推测，他补充道，类似的情况在他的经历里已经不止一次发生过，他对此都有些习惯了，而且无论如何也看不出这里面有什么特别的，为此没必要过分担心和哭哭啼啼的。

他一边笨拙地安慰着莉达，一边陪着她跑到火车站，在那里并没有找到她母亲，便又推测她母亲可能在储藏室里上吊了，有时候受到侮辱的妇女也会这么干。

莉达尖叫着抓住卡什金的手，向家里扑去。为了抄近路他们穿过公园。

这是一个春季的、明晃晃的、白蒙蒙的四月之夜。雪还没有完全融化。莉达边哭边赶，膝盖都打湿了，她央求卡什金快点，好去救她那不幸的母亲。

突然，他们在池塘边看到一个躺着的人形。扑到跟前一看，是教授的妻子。她躺在雪地上，古怪地摊开双臂。腿在水里。

卡什金猜她一定是中毒了，然后想冲进池塘里。

然而并非如此。她躺在那里深度昏迷。她显然是想要冲到水里，但是没劲儿了。眼下她躺着，昏迷不醒。

莉达和卡什金费力地把她弄回家，帮她恢复知觉，擦过酒精后，放到床上。被抛弃的女人感觉到温暖，流下了眼泪，这是健康的和放松的泪水。

卡什金有点同情和可怜她，说道，一切都会过去，一切都会好起来的，还说为这些恶棍男人不值得，尤其是流下宝贵的女士们的眼泪，那大可用于其他目的。

这之后，等莉达平静了，他回到家里，又着急又兴奋上气不接下气地给教授叙述，发生了什么事。

教授耸了耸肩说，明天他一定会去向她解释，还说他也不想看到类似的愚蠢的浪漫主义者的大发作。

图莉娅噘起嘴说，他可能对这个事件太过在意了，好像准备要马上逃跑。如果是这样的话，那么她不需要这种分裂的感情，就让他完完全全地到他的妖精那里去吧，永远别再回来，这样的对手不大满足得了她的自尊心，再说跟她什么事都没有。

一个小时之后，会计师卡列特尼科夫去打听最新消息。他没有进屋，就朝窗户里瞥了一眼，看到教授睡着了，他身边的椅子上坐着莉达，悲伤地抿着嘴唇，眉头紧锁。

早晨，仿佛什么都没发生过，教授去了列宁格勒，然后就回到图莉娅那儿，没回家。

教授夫人得了感冒，神经性发烧，在床上躺了两个星期。起床后跟过去有点不一样了——非常严肃、沉默寡言、聚精会神。

莉达带她丈夫回了两次家。这个男人，生相朴实厚道，穿着高高的俄罗斯靴子和一件黑色的毛衣。他觉得尴里尴尬的，一说话就微笑，管莉达叫莉杜哈。

他摇着头，对教授的所作所为气愤不已。他安慰岳母，说她丈夫当然有权利走开，但这样离开确实不应该。她需要坚强和勇敢，她活这么大不是为了绝望。他提议安排她去工作。他一边兴高采烈地活跃着气氛，一边谈论起未来的生活，说接下来不可能再有这种庸俗的悲剧，还聊到人们靠坚忍不拔的工作和自我意志将要获得的幸福日子。

他保证一定会为她找到这样一份快乐的工作，工作会让她轻松，不会让她孤独和被抛弃。

莉达感激地握住他的手，告诉妈妈，这就是唯一的那个人，完美而勇敢，她完完全全尊重。

第三十一章
反常的爱

至于教授，爱他的美人图莉娅，或者按身份证上叫的，纳塔利娅·卡列特尼科娃，爱得神魂颠倒。

他根本想象不到他能萌生这样的情感。

她睡觉时，他一连几个小时看着她的脸庞，看着她那细细的眉毛和翕动的小嘴。他一动也不敢动，免得吵醒她。

等她起来了，他给她把茶送到床上，用勺子喂她，哄着求着再吃一口再喝一口。

她忸怩作态执意不肯，撒娇说她没有食欲，可能很快就会死于结核病或者什么此类的疾病，与此同时，狼吞虎咽的食欲无论是白天还是黑夜都没有离开过她。

她反复无常、好穿戴打扮，还鄙视丈夫。

她驱使他一次次地去拿这个拿那个。他则既害怕她生气又害怕失宠，逆来顺受地执行她的所有命令和意愿。

他狂热而反常地爱上了她。而她看到这样的爱，也作到了极致。她赖在床上直到他下班回来，而且经常是根本不想起床，甚至不想洗漱，说水弄痒了她缎子般的皮肤，长了好多小痘痘。

他用加了古龙水的温水沾湿毛巾给她擦身，擦她的红脸蛋儿，还给她刷牙，央求她张开嘴好稍微漱一漱。

等他作势生气或者皱起眉头子时，她就用漱口水吐他寻开心，笑倒在床上。

她叫他小傻瓜、小咪咪、小脸蛋儿，这些温柔的话语让他酥软了，感觉自己上了快乐与幸福的七重天。

现在，瓦西列克下班回来总是给她带糖果和礼物。他答应给她做各式各样的裘皮大衣和长丝绸连衣裙。

任性的图莉娅，总是提各种不可能的要求——白鼬皮披肩，去日本旅行，或者至少去一趟雅尔塔、黑海。

最后一个要求，教授郑重其事地答应了她，这以后她觉得好像有点开心了，对这个逞能的、甜言蜜语得让她腻烦的老头儿又有些许温存的留恋了。

卡什金看着这不同寻常的爱情，骄傲地房子里走来走去，碰到教授总是说，要不是他，教授永远也见不到这样的好事，就像最后的那只蚂蚁，没见到幸福和快乐的曙光，就死在自己的小屋里了。

教授握住他的手说“谢谢”，而卡什金却闪烁其词地回答，用“丝”[①] 他没法缝制裘皮大衣。

图莉娅时不时地要看演出，她和教授一起去电影院，去列宁格勒泡咖啡馆，还去音乐厅。

每次教授带着图莉娅走出花园，都有点发怵，害怕碰到莉达或前妻。

---

① 此处的“谢谢”原文为法语，因为发音跟俄语中与丝一类关联词相近，故有此答。——译者注

有一次，他正牵着图莉娅的手，跟莉达遇上了。

看到他，莉达的脸红极了。接着猛不丁地走到他面前，笨拙地，用女人的方式劈了他一记耳光。

图莉娅，狂叫一声，有如一只暴跳如雷的母老虎，打算朝莉达扑过去。可是瓦西列克用手抓住图莉娅，把她拽到一边，请求她不要卷入这个愚蠢的事件。

他看了莉达一眼，无动于衷，而非愤怒，他龇牙咧嘴地强颜朝她微微一笑。然后，抬抬他的帽子，猛地折转身，牵起自己暴跳如雷的小娃娃的手，继续往前走了。

莉达转身朝自己家奔去。而瓦西列克抹抹脸颊，领着他太太往前走，那一个还拼命要挣脱了去追莉达，好去叼住她或咬她的脸。

卡什金听说了这件事，爆笑不已，说现在教授吃了巴掌，愈加彻彻底底断了回头的路。他说，幸亏有这件事，毫无疑问，现在是时候终止一切关系了。

他提到教授留在那所房子里剩下的财产，并自告奋勇把它们都拿回来，事后只要从教授的进口服装里随便拿点什么出来让他分享分享就行。图莉娅也想跟卡什金一起去，但是瓦西列克请求她不要这样做。

就在当天，卡什金来找莉达，用强硬的口吻要求交出属于教授的一切东西。

莉达忍不住猝然冲卡什金的脸啐了一口，说他可以把他想要的东西都盗走。

卡什金只说了句“不不，您别太放纵自己啐人”，便钻进房间，敛了两包财物，回教授那里去了，只字不提被啐唾沫的事儿。

不过，这个唾沫令卡什金激动不已。于是，过了一个半小时，感到奇耻大辱的他，发誓要捅了这个马蜂窝。

于是他走出去到花园里，开始朝邻居那边大吼各种辱骂和侮辱性的话语、名头，他让莉达出来，发誓要把这个又细又高的电线杆子从头到脚啐个遍，谁让她装什么高贵的男爵小姐。

卡什金又叫骂了一通岂有此理的贵族生活，回家了。他从教授的服装里挑了两条裤子和一件毛衣，略微得到点安慰，就把自己的威胁忘光了。

这时五月来临了。

图莉娅毅然决然地命令教授去搞到高加索或者克里米亚的度假许可证。

瓦西列克搞定许可证后，就忙不迭地收拾起来，因为他有点担心，生怕出点什么事儿，让他们走不了。

第三十二章
去南方

终于，出发的日子定下来了。图莉娅兴奋不已、美丽动人，这是她人生中第一次如此遥远的旅行。由于在这种事情上没有经验，她往自己的箱子里装进那么多没用的东西和废物，还有那么多床单、毛巾和帽子，这一切搬动起来至少需要三个搬运工。

瓦西列克对即将到来的旅行同样激动不安，他忙碌着，焦急紧张。

他的健康状况好极了，他还从来没有感受到过如此的精神焕发和精力充沛。他把脑袋里轻微的噪音归咎于最近几天的骚乱。

他对图莉娅的爱丝毫不减。而且，除了爱情，他对她还有感激——他觉得这个小姑娘让他的青春回来了。

出发前夜，莉达突然送来一张字条。

瓦西列克看着字条，脸都白了，开始在房间里走来走去，双手紧紧抱着头。

图莉娅讥讽地、不友好地看着他，等着他立刻取消旅行，或者即刻发生什么更糟糕的事情。习惯了自己生活中的意外，她已经准备好应付一切。

但是瓦西列克握着双手，说一切都无所谓，一切都会过去，一切都会好起来。

莉达在字条里写的是，教授的儿子尼古拉手术后死在医院了。

瓦西列克吻了吻图莉娅，告诉她他们无论如何都明天走，没有任何力量可以阻止他们。

一小时后，他们又接着准备，仿佛什么都没有发生过。

终于到了出发的那一天。

他们坐在单间包厢里，离开列宁格勒前往塞瓦斯托波尔。

瓦西列克又幸福又快乐。他激情四溢地看着图莉娅说，除了她，他余下的生活都黯然失色。

抵达塞瓦斯托波尔后，他们又乘轮船去雅尔塔。

女孩第一次看到南方，此时此刻，沉醉于大自然，她喊着，用手指一会儿指着雄伟的群山，一会儿指着出神入化的云彩。

瓦西列克给她解说一切，仿佛被喜悦和幸福融化了。

他曾经来这里好多次，一切在他想来似乎都磨没了，但是此刻他好像在用全新的眼睛看着这一切，其心旷神怡丝毫不亚于她。

抵达雅尔塔，他们住的是宾馆，住在一个面朝大海的房间里。

头几天不消形容——一切都极其美好，极其曼妙。

早上他们拥抱着走到阳台上，亲吻着欣赏大自然非凡的美景。

而现在，回忆起自己的年轻岁月，他几乎看不出有什么不同。相反，如今感觉起来更加光明、更加珍贵，这样的情形他甚至从来都没见过。

轻微的头痛和持续的耳鸣搞得他有点不舒服。但图莉娅在侧让他忘记了这些。

几天过后，图莉娅厌倦了大自然的图画和教授过度高涨的爱情。

眼下她坐在阳台上，有些忧郁、任性，比以往任何时候更容易发火。

瓦西列克试着给她随便讲点什么。他给她讲星星和行星，但她对那些遥远的天体没有一丁点儿兴趣。她的两条腿走在地球上，一切遥不可及的事情跟她毫不搭界，更别说逗她开心了。

她一面问些科学上未知的事情，譬如其他星球上的恋爱，丝绸面料以及假如美丽无比的她出现在其他天体会发生什么等，一面在他的天文学推论里插上几句愚蠢的、甚至恶毒的话语。

不，她对这些废话和儿童的套话太不感兴趣了。她百无聊赖地坐在阳台上。她开始发牢骚，抱怨说她想参加舞会，想获得成功，想要英俊的乘务人员。

她开始在沙滩上和餐厅里跟年轻人调情。她又开始打扮，去用餐也涂脂抹粉的。

那些年轻人以为教授是她的父亲，毫不含糊地用聊天、邀请散步等方式接近图莉娅。

瓦西列克没阻止散步，而是利用她不在上床休息，希望安静能平息脑袋里的噪音。

他觉得自己的状况相当不错，但是剧烈的噪音和耳鸣让他认为，有什么不对劲。

他把这归咎于海水浴和洗浴，还有一部分是因为他执行了将近半年的青春作息制度。他告诫自己要更加小心，不去山里徒步远足。

有一次，海水浴后他回到自己的房间时，冷不防撞上图莉娅正在一个年轻工程师的怀抱里。他眼前一阵发黑。

他说了一句："啊呀，图莉娅！"就两手抽搐着抓住门，倒了下去。

图莉娅哭着喊着扑到他身上。那个年轻男人，一边整理他的领带，一边嘟嘟囔囔地说着“对不起，对不起”，跑出了房间。

叫来一个客房服务员，他把瓦西列克放在沙发上。

请来一位医生，他说教授中风了，可能没什么事情，不严重。

瓦西列克一动不动地躺在沙发上。他的右半边身子不听使唤了，也不能说话了。

他用恳求的目光看着图莉娅，伸出左手，似乎在说，瞧瞧，事情有多不幸啊。

两天后他好点儿了，艰难地吐出了几个字。

这几个字是：

“回……家……吧……”

第三十三章

回归

再说卡什金。随着教授离开，他感到一种极度的空虚，他在家里根本坐不住。

他好几天都老大不高兴地、怒气冲冲地在房间走来走去，用粗话和叫喊折腾卡列特尼科夫公婆两个。

是的，真该死，瞧他干的蠢事。他为这个破破烂烂的教授创造了天堂般的快乐，却没得到任何好处。他从这个窝囊废学者那里拿的两条裤子，他可以还回去的。

怒不可遏的瓦西列克从柜子里抄起这两条裤子，把它们朝着温顺的会计师扔过去，会计师终究不敢自己把裤子拿走，搁到一边说，教授以后肯定还会从自己的东西里再拿出点儿什么来给他。

卡什金不屑地哼了一声，朝地板啐了一口，觉得他已经错过那个热乎劲儿了。

是的，真该死，他是非常需要裤子，不然当时他可以要求教授至少提供一年的口粮，或者哪怕是也去那个雅尔塔旅个行呢。这个畜生大概会考虑不单单带那个傻女人去南方海边，也会带上他，被麻烦事和跑腿搞得疲惫不堪的他。如果是那样，他眼下就在雅尔塔了，他还在这里见什么活鬼呀。还是应该让教授感觉到并明了他的善行。

果真，这话说完几天之后，卡什金突然买票去了雅尔塔，走之前清空了从教授那里拿来的东西。

不幸事件发生后第三天，卡什金来到雅尔塔，由于这个不幸事件，教授付出了他奋斗来的青春。

不过，为教授治疗的医生告诉图莉娅，情况并不是很糟糕，而且在正确的作息制度下，教授很快就会健康起来。

医生安慰完图莉娅，又说问题不仅在不幸事件，而在于中风的基础早就打下了，教授显然力所不及，过不了年轻人的生活。

图莉娅放下心来，跟医生调了一会儿情，央求他常来。

卡什金抵达时已是晚上。

当他走近酒店时，千言万语和纷纷繁繁的感觉激动着他。他不会客气的。不，他会把一切都说出来。他要跟教授诉说一切。骗子，拿上东西就走了，什么都没给他留下。他想着，学者就可以挤对平头百姓吗?

卡什金一边开房门，一边振振有词地念着：

“好吧，没什么可说的。正享乐呢。下流胚，在沙发上打滚儿呢……”

不过卡什金第一时间就明白了一切。他看到了椅子上的药瓶和教授呆滞的面孔。他看到图莉娅泪汪汪的眼睛，她穿着浴衣坐在椅子上。

他愤怒地看着抽泣的图莉娅，走近教授说：

“你能说话，还是已经那个了?”

瓦西列克艰难地大张着嘴说，请尽快带他去列宁格勒。

卡什金把图莉娅骂了一顿，骂她是霍乱和披着孔雀羽毛的乌鸦，他不顾医生严令禁止现在带走病人，开始安排走的事。

“赶路有可能杀死他的，”医生说，“现在不值得冒险。”

尽管如此，或许正是由于这一点，卡什金订好了票，说明天他们就乘船去塞瓦斯托波尔。

只有一天的时间，卡什金在沙滩上转了转，洗了一次蒸汽浴。为此他蛮生气的，用批判的态度看待南方，说：他在那里什么特别的东西都没找到。

第二天，他们上了轮船。教授用担架抬着，图莉娅眼泪汪汪地跟在后面，穿一身黑衣，像个寡妇。

他们千辛万苦地抵达列宁格勒，从车站用救护车把教授送到医院去了。

赶路并未使病人的状况恶化，他只是稍微有些迟钝，不理会自己的旅伴，他们当着他的面天晓得都说了些什么，卡什金甚至还抱着图莉娅说，再怎么着，她仍然那么姣好，或许，他都还能娶她呢。

图莉娅笑着回应，说他不配，而况她此生使命不是给像他这样的小恶棍为妻。

把教授送进医院后，卡什金和图莉娅回到儿童村。

正在花园里的莉达突然看到了他们。

她隐忍着恶心和骄傲，走到篱笆旁，用颤抖的声音向卡什金询问父亲的情况。卡什金笑了起来，说她父亲生了点小病，眼下正躺在市医院完全动弹不了了。

图莉娅按照礼数哭了哭，进屋去了，会计师和他的妻子彻底惊呆了，他们被打击得震惊得僵住了，动弹不得。

莉达跟母亲说过之后，穿上衣服，立刻去了列宁格勒。

母亲待在家里，绞着双手，焦急地在房间里转悠。

医院只允许莉达第五天去探望她父亲。她用几个柑橘买通了医院看大门的。莉达走进父亲的病房，板着脸孔。

但是，看到父亲可怜兮兮痛苦的样子，她哭了起来，把头埋进他的膝盖里。

泪水从瓦西列克的眼中流出来，他用健康的那只手拉起她的手，吻了一下，仿佛在乞求原谅。

过了几分钟，他们平静了下来，和和气气、亲亲热热地聊着。

瓦西列克靠在枕头上。他的右半个身体还不大听主人的话，他讲起话来既困难又含混不清。

不过，瓦西列克希望能够快点好起来。幸运的是，脑溢血非常轻微，反倒是神经中风致使情况恶化，按照医生的思路，这个近期必须治好。

至于他的生活，瓦西列克困难地转动着舌头，说道：

“大错……铸成，但是莉……达是正……确的。”

第三十四章
青春复返

一个月后，瓦西列克出院了。

莉达来陪他回儿童村。

他原本倒是不用旁人帮助，自己可以回来的。他的病消失了，唯有吓人的苍白诉说着最近的不幸。他的步态坚定，男人般有力。他们步行从火车站回家。

在邻居家的小门口他们停了下来，好像是偶然的。

“喏，怎么着，”莉达说，“去这里?”

教授默默拉起莉达的手，朝自己家走去。

蓦地，此处的戏剧性和贵族派头令他感觉不自在。贵族虽然没了，但对自己生活的担忧，还有对自己能力的不自信依然存在。他偷偷看了一下图莉娅的窗户。他的心既痛苦又甜蜜地揪紧了。毫无疑问，他会回到她身边的，会谦卑地恳求她的爱和宽恕。

瓦西列克苦笑着，牢牢牵住莉达的手走进自家的花园。即将与妻子见面让他激动。他的手微微发抖，嗓子也在颤抖。

他走进门廊，脸色死白。

迎接他的教授夫人莫名的光鲜靓丽，嘴唇涂了唇膏，头发上戴着一朵花。

他们默默地亲吻了一下，瓦西列克忽然跪了下来，说他有罪，恳求原谅。

夫人泪流满面，暴露了涂抹过的睫毛和她在化妆品方面的经验不足。

一切都结束了。她不生他的气。相反，她认为自己也有很多过错。她对他的生活不感兴趣，她表现得像个傻瓜，像个老太婆。但是现在一切都会重新来过。

于是，他们又哭又笑，考虑起他们往后的生活。

莉达在房间里走来走去，搓着手，父亲的回家让她既称心如意又踌躇满志。

在短短的时间里，瓦西列克差不多就回到过去的状态，即在他离开去南方前的状态。

两个夏季、全休和过去的极丰富经验使他的身体比之前更健康硬朗。

他穿着网眼衫在花园里和公园里跑步、打排球，开船去兜风，没多久他就变得让人认不出来了。

而到了秋天，开始工作后，他有些不好意思地告诉莉达，他现在已经加入了突击队，他现在没有任何政治上的分歧。而且，他对那些鸡毛蒜皮的小事的评价，大概也与之前有所不同了。

也许，他这么说是在暗示避而不提的老年。是的，他正走进一个全新的、美好的生活，走进一个新的世界，在这个世界里，所有情感都是真诚的、真实的，而不是买来的。

莉达感叹地鼓掌说，她再也找不到更好的父亲了。

教授夫人也振作起来。她不想做体操，说不晓得为什么她的双腿不能打弯，不过她抱着猫在花园里散步的时间倒是多多了。

到了晚上，穿上黄色的家常大罩衫，她精力充沛地在每个房间穿梭，跟房间里的住宿者道晚安：丈夫、莉达，还有莉达的丈夫，他每六天来家里一次。

夫人现在跟丈夫谈天的时间长多了，丈夫很快就确信，她不再像最近二十年来他感觉的那么傻瓜了。

他甚至感觉到对她有了些许柔情，现在常常叫她“亲亲妈妈”，这让他隐隐约约地想起一个心肝宝贝的名字——图莉娅。

第三十五章
大结局

作者不久就离开了儿童村，再没有与这些人见过面。

不过据说在这段时间里，那边并没有什么不好的事情发生。

据说，教授觉得自己着实不错。他剃光了小胡子，看起来完全是个年轻人，又年轻了五年。

他照旧大力工作，甚至还准备出版一本关于宇宙的书。

莉达与丈夫的婚姻也照旧。他们这个秋天大概准备去雅尔塔，假如侥幸不派他去开发线路的话。

他现在好歹总是有规律地六天来一次儿童村，莉达的快乐无法形容。

而教授的妻子，由莉达的丈夫陪着，正在积极地学习速记，希望新年伊始开始工作。但此事是否会奏效，作者不作评判。

至于卡什金，此人照旧春风得意。他妥妥地什么事都没有。在工作中因为积极升了职。现在阿列克谢·伊万诺维奇·卡什金正在格鲁吉亚加格拉市的休养所疗养呢。

最近他很少到卡列特尼科夫家来，显然他的活动领域挪到另一个地方去了。

卡列特尼科夫本人今年夏天突然死了，他被雷劈死了。确切地说，闪电击中的地方离他不远，而他不晓得怎么想的，心脏破裂死了。这一切来得太突然太快了，这个可怜的人，连喊都没喊，就倒下了，他那万分痛苦的灵魂立即升上了天。

葬礼由卡什金安排。人是他埋的，棺材也是他订的。他甚至还亲自赶了一辆小马车，车上拉着他的朋友，卡列特尼科夫先生的遗体。

卡列特尼科夫的亲属里来了几个人参加葬礼，他们指望着能从留下的财产中分得一杯羹。可是希望转瞬即逝。无论会计师太太，还是卡什金本人连阳台都没让亲戚们进，就让他们在花园里，在椴树底下等着送葬。

卡什金在墓前发表了一个小小的讲话，说已故的卡列特尼科夫是个不错的人，只不过他对自己的疾病过分糊涂和担心，结果把自己的脑袋搞傻掉了。

卡列特尼科娃太太大声地抽泣着，更多是在哀悼卡什金，他已经掉头而去，比已故的丈夫离得还远。

可怜的小姑娘图莉娅，在又一次不成功的逸事之后，终于泊到了一个安静的码头。她嫁给了一个船舶工程师 Ф. К.，过上了平静的生活。

蜜月之后，船舶工程师命令她参加工作，可是没办到。参加工作后，图莉娅才过了几天就感觉自己要做母亲了，于是扔掉工作，转回到家庭主妇和未来母亲的位置。

她的皮肤有点松弛了，脸上出现了黄色的斑点，为这个她痛苦地哭泣，说她做母亲的这些事似乎并不比婚姻生活更难。

但是，这一切都将过去，图莉娅仍将以她无比的美丽在列宁格勒闪耀。

教授的兄弟，那位著名的医生，也照旧在新的建筑工地上工作。

他的两个侄女也做事了，偶尔来看看教授。

保姆索尼娅走了，进了名叫“红色轴承”的工厂。

沃洛萨托夫家雇了一个十七岁的小丫头片子，可是谁晓得她患有癫痫病。还不仅于此。摆桌子上菜的时候，每回她都先吃掉一半，搞得全家人老是半饥不饱的。

他们想辞退她，可是她，快速吃胖了以后，就不再用这种办法填饱肚子了，所以尽管对她不是人人满意，暂时还让她做着。

总之，据说，教授变得认不出来了。他晒黑了，硬朗了，大量而心满意足地工作，不再抱怨头痛和耳鸣。

而且可以假设，过上两年，假如不会由于什么意外死亡的话，他都可以用左手扭弯马蹄铁了。

瓦西列克不再跟莉达吵架。他说了要过新的生活，这个生活将会尊重人，不是为狡猾、为金钱，而是为了真正的优点——才华、智慧、勇敢。新生活中那些鸡毛蒜皮的小事看来将不再会引起他任何困惑与彷徨。

一说到这个，瓦西列克每每都要轻轻地叹息，偷偷地朝图莉娅家那个方向张望。（注释 XVIII）

为中篇小说《青春复返》各章所做的注释和论文

注释Ⅰ

（见第六章）

有趣的是，有些名人把他们自己的忧郁和“蔑视人性”看作是某种高尚的东西，一般凡人不可企及，同时认为这些不是身体不健康的迹象，亦非错误生活的结果，而是由于生命的重要使命赋予他们的某种崇高和特殊的东西。

通常传记作者出于尊重总是随声附和这些想法，强调一个卓越不凡的人无法与他周围的庸俗环境和平共处。

与此同时，忧郁是完全确定的身体状况，这种状况或者是由神经中枢的错误运转，这么说吧，还有内分泌的错误运转引起，或者由能量浪费未及时补充引起。作者从这些传记中能看到的真不少，身体健康而大脑清醒的人对人们没有丝毫的轻蔑，没有忧郁，一点不惧怕庸俗，即便发现庸俗，也会工作与奋斗，让未来好起来。但是一旦病倒了，早早晚晚就获得了这些属性。

注释Ⅱ

（见第六章）

这个名单上都是最卓越和家喻户晓的人物（音乐家、画家和作家），他们的生命都终止于风华正茂的年龄：

莫扎特（三十六岁），舒伯特（三十一岁），肖邦（三十九岁），门德尔松（三十七岁），维泽（三十七岁），拉斐尔（三十七岁），华托（三十七岁），凡·高（三十七岁），柯勒乔（三十九岁），爱伦·坡（四十岁），普希金（三十七岁），果戈里（四十二岁），别林斯基（三十七岁），杜勃罗留波夫（二十七岁），拜伦（三十七岁），蓝波（三十七岁），莱蒙托夫（二十六岁），纳德松（二十四岁），马雅可夫斯基（三十六岁），格里鲍耶陀夫（三十四岁），叶赛宁（三十岁），迦尔洵三十四岁），杰克·伦敦（四十岁），勃洛克（四十岁）。

这里面还可以增加更多死于四十岁左右的名人的名字：

莫泊桑（四十三岁），契诃夫（四十三岁），穆索尔斯基（四十二岁），斯克里亚宾（四十三岁），凡·戴克（四十二岁），波德莱尔（四十五岁），等等。

必须指出的是，这些卓越人物中有些人是自杀的，另一些人死于痨病，第三种人死于猝不及防的和看似偶然的疾病。但是如果你仔细观察，则一丝一毫的偶然性都没有。一切都完全合乎逻辑地来自生命的过往。一切都是“亲手所致”。①

即使死于流行病也不是偶然的。健康的、正常的机体为了战胜疾病应该是会有旗鼓相当的抵抗的。

作者对此想说的是，意外死亡似乎不存在。

即便是横死，譬如莱蒙托夫的决斗和死亡，也非常类似于自杀而非意外夭亡。

普希金的决斗和死亡在某种程度上也类似于自杀或曰对此的渴望，有可能只是尚未临近意识阈而已。无论如何，如果追踪考察诗人在最后三四年中的所作所为，就显示出这种想法似乎是正确的。仅凭普希金在他生命中最后的一年半时间里进行了三次决斗，就足以说明了。诚然，前两次决斗（与索洛古勃、列普宁）没造成任何后果，但它们皆有所指——诗人本人在死活地寻衅闹事。情绪正在寻找对象。②

第三次，决斗成立，导致普希金夭亡。然而，牺牲的并非那个健康的、充满激情的普希金，就像我们惯常以为的那样。死的是一个极度疲惫和神经衰弱的人，他本人一直在寻找死亡，期待死亡。自 1833 年底开始，普希金的生命就在急速走向终点。

可以回想一下诗人的姐姐帕夫利谢娃的话：

“即便是丹特士的子弹没有终止他的生命，他也未必能活过四十岁。”

事实上，1833 年底普希金的健康状况发生了巨大变化。

① 作者会设身处地地考量这些人。毫无疑问，个人的特性和这样那样的行为，其形成都带有时代的痕迹以及时代所具有的特点。关于这一点我们将附带提及。——作者原注

② 年轻时普希金有理由决斗，但并未刻意去找借口。——作者原注

闻名遐迩的笔记，写于 1834 年 1 月（格拉伯[①]）：

“炽烈的、充满激情的普希金已经没有了，他的脸上有某种悲伤。”

奥西波娃在 1835 年写道：

“普希金来了，百无聊赖又疲惫不堪……”

诗人的姐夫写道：

“姐姐被他的面黄肌瘦和神经活动失常震惊了（1836 年 1 月）。亚历山大·谢尔盖耶维奇（普希金）无法在一个地方久坐，嘈杂的声响使他抽搐……”

自 1834 年起，普希金的书信里总是能看到这样的词句：“肝火旺得让我焦躁不安……”“在这里免不了发火……”“我肯定忧郁了……”“压不住火……”“天天头痛……”“开了很多头，但是哪个都不想……”“头痛搞得我难受极了……”

写这些书信的人无疑是个病人，被神经衰弱折磨得疲惫无力、痛苦不堪。

这种疾病日复一日地发展和恶化，致使诗人渴望死亡。曾经有一则记事众所周知，它记下了 E. 弗列夫斯基的话：“决斗前几天，普希金在剧院里遇到男爵夫人（弗列夫斯卡雅），亲口告诉她他打算去寻找死亡。”

这次的死亡并非偶然。

一系列的矛盾，政治与个人，涉及自己社会地位的双重关系，乱成一团的财产事务，还有改变生活的几乎不可能——离开首都，免得与朝

---

① 格拉伯（1801—1836）德国剧作家，作品兼有现实主义和浪漫主义的成分。代表作有《霍亨施陶芬王朝》（未完成）等。——译者注

廷争吵——这一切耗尽了诗人的力量，使他陷入上述身体状况，由此诗人开始到死亡那里寻找出路。

或许在两种情况下，普希金有可能活下来。第一种——普希金拒绝政治上的犹豫，就像歌德那样，让自己成为朝廷的人；第二种——普希金与朝廷决裂并走向其对立面。

诗人所在的双重处境（顺便说一句，这不单单出于他自己的意愿）导致了他的夭亡。

矛盾给不了健康。

这次死亡不是偶然的，是不可避免的。这场死亡好比自杀。

依作者所见，自杀不可能是偶然的。一个人意志坚强，所以他才能自杀——每每人们这样说时，就犯了一个巨大的错误。毫无疑问不是这样的。多半不会有任何自杀的意愿。简单说吧，人会形成这样一种身体状态，在这种状态之下，自杀也许是一种正常的，而非偶然的行为。（只有少数例外。）

人们一般会说：他自杀了，因为他有这样的心态。这是真的。但是此处漏掉一个环节。也许就是在人们说酒鬼双手颤抖的时候，忽略了这个环节。这是什么意思？意思是被酒精损害和破坏的中枢神经控制不了动作。

自杀者的精神姿态，即大脑被摆脱不掉的念头搞得衰弱和疲惫不堪，下一步，还有可能因为内脏器官错误运转产生的毒素而中毒，进而导致整个身体和整个分泌完全失调，于是，从根本上来说，人在结束自己的生命时几乎用不着强迫自己。

当然，有一种自杀是在激情状态之下，处于疯狂状态之下的。在这种情况下，尽管不等同，颓败的情形一致。充斥着焦虑、痛苦、恐惧的大脑快速衰弱，或者说是中毒，或者处于半麻痹状态，才将身体的活力带入这种尽管暂时的，却毁坏殆尽的状态，所以人去寻死就不难了。

这种类型的自杀固然不鲜见，但主要发生在歇斯底里的人身上，而且通常会有一个皆大欢喜的结果。不少自杀者自己就回归正常了（例如，由于冷水），并积极帮助人们救护自己，大喊救命，要救生圈、医生和救护车。假如寻死的人不是处在暂时性发狂的状态，就会拒绝这种帮助，即便被救，几乎终究会用横死结束自己的生命。

就这个意义而言，大自然亦仿佛是在配合。衰弱的、半麻痹的大脑对于疼痛几乎没有反应，因此对死亡的恐惧和保卫生命的本能大大减弱。

我曾有机会看到过在战争中受伤和昏迷的人很久都非但感觉不到疼痛，甚至于感觉不到自己受伤。

1930 年 12 月，我遇上车祸中（一辆货运列车撞上了电车）受伤的人被送往医院。一位清醒着的年轻人对消防员说：

“我自己能去医院。最好是帮帮这个女人，她好像手断了。”

此后发现，这个年轻人的双腿都被撞得粉碎，别说走了，他连动都动不了。

在这里，大自然往往剥夺人的理智和敏感性，仿佛是打算让他去死。几乎在任何死亡中，即便是冻死，征兆首先从神经系统方面显露出来。可以发现严重的感觉迟钝和敏感性完全丧失。大脑处于半麻痹状态，感觉不到向死亡的转变。

可见，反而越是衰弱的、半麻痹的、疲惫不堪的大脑越是无法保护身体避开死亡，它反其道而行之，在协助死亡，甚至在寻找死亡，在任何情况下都鼓励搜寻死亡。

当然，有些貌似突如其来的自杀骤然之下很令人震惊和诧异。

杰克·伦敦，这个身体极棒的人，“水手”，这位最伟大的乐观主义者和坚信生活的作家，在他四十岁的时候自杀了。这一死亡貌似真的出乎意料和难以置信。很久以来，作家的亲人甚至隐瞒了他自杀这一情况。

究竟是怎么回事？杰克·伦敦在长达八九年的时间里，写得如此之多，换作其他作家，正常工作的话，或许要用一辈子才能做到。

感觉到极度疲倦，作家抛开工作，去了什么所罗门群岛，希望在那里借助长期休息和旅行修复自己的健康。

然而，极度的和长期的压力，还有一部分的酒精作用，致使大脑衰弱，无法恢复乃至维持机体的正常运转。失去了惯性支撑的作家崩溃了。反应如此之大，以至于一个人毅然决然地与自己的生命分了手。

说起来，这就是此人（非正常）死亡之图的大概。毁灭的内在机制是什么？如何用一般性的语言，不翻译成科学语言，更确切地解释这一惨剧的机制呢？

大脑，也就是大脑的神经中枢，主管整个内脏的经营，调节所有器官的运转。

紧张的人脑运转刺激并人为地增加所有器官的活动。（请注意，神经刺激越强，器官内部运转的惯性也就越大。）

但是工作竟然停止了。神经刺激不复存在。已经习惯了流向神经中枢的血液以及给中枢增加的营养没有了。神经中枢的运转疲沓并伴有间歇，这导致内分泌多器官的萎靡不振，甚至临时性的不作为。于是一幅生命力极其衰弱与极度颓败的图像到位了。

杰克·伦敦的神经兴奋，起因于大量的、太过巨量的工作。而当这些兴奋被清理时，反应愈加强烈。如果可以这样说的话，这一死亡是由于不善待自己造成的。

我们来做一个比较。如果一辆车以每小时八十华里的速度猛然停下来，那么灾难不可避免。驾驶汽车的人都知道这一点，但是这一点对于正在管理自己身体的人们而言，几乎无人知晓。杰克·伦敦的死亡并非偶然。

那么能否避免它呢？显然是可能的。这时需要逐渐过渡到休息。需要的是临时性的其他兴奋，支撑得起机体的运转，不至于产生如此强烈的反应。那些兴奋，譬如杰克·伦敦取而代之的感受、出游和旅行，在这种情况下当然不可能有所帮助。它们与以往的兴奋不相当。这些也就只能应付无关紧要的疲劳过度罢了。

当然，这个问题过于复杂了，之后再讨论它。当下我们注意的只是，这位作家的死亡不是偶然，但并非不可避免。

大脑的极度疲劳，以及不会为自己创造正常休息的机会，同样招致马雅可夫斯基的早逝。

政治矛盾没有使诗人分裂——它们不存在。这里面主要是连续工作的悲剧。即使走在街上，马雅可夫斯基也在喃喃自语着诗句。就连为了打破工作惯性玩扑克牌时，马雅可夫斯基（正如他自己告诉作者的）仍然在继续思考。并且没有什么事情——无论出行国外，无论爱好迷恋，无论进入梦乡，什么都不能完全阻断他头脑中的思绪。如果哪一次弄个强制性的休息，诗人将自己与工作切割开，那么很快，担心创造力极度下降，他便又重拾工作，以期制造高于一般的神经惯性，唯有如此他方才感觉到是活着。

很难说这样的状况到底是如何造成的。也许存在着某些自然属性，某些神经中枢器质性的不规则。但是，它的形成可能是因为他本人的错误和不会打理自己所致。

众所周知，马雅可夫斯基去南方休养时，在那边改变了自己的作息制度——久卧阳光之下，有规律地生活，但对于头部，对于大脑，他没有改变方式。他继续工作，继续思考他的新作。甚至仍然经常为公众朗读自己的诗歌。这当然不是休息。这造成慢性的神经兴奋过度。诗人感觉自己一年更比一年糟。头部的疼痛、萎靡不振和极端疲乏愈演愈烈。

应该指出的是，对自己的不舒服，马雅可夫斯基认为另有原因。诗人把他自己频繁的身体不适一会儿赖结核病，他好像已经得上此病了（凭他一段时间的感觉），一会儿又赖烟草。他戒了烟，完全戒酒，甚至一杯酒都不喝，然而并没有任何改善，当然一直也没好。

疲倦和衰弱的大脑不再那么在乎它主管和调节内脏的事务，这也导致了诗人的死亡。

所有其他的原因和情况都纯属偶然。即便这些原因不存在，也找得到涉及诗人自杀的其他原因。情绪正在寻找标的物。

类似的悲剧和夭亡经常发生在伟人身上。造成这种死亡的原因往往不仅仅是社会环境或矛盾，纯粹是因为过分耗费神经能，不会自我关照，不会管理这部复杂的机器——自己的身体。

许多杰出人士还因肺痨而亡。此疾病致死的往往多为诗人、作家和音乐家。

这种疾病传染的偶然性几乎没有。有过一系列的病例，身体健康的人经年累月地生活与照顾罹患肺痨的病人，自己并没有被传染。

肖邦在他生命的第四十个年头死于痨病。在他最后的岁月里，乔治·桑与他一起生活了几年时间，直到生命的尽头她都是健康的。契诃夫的妻子也没有感染上这种疾病。安东·帕夫洛维奇（契诃夫）由此而亡。

所以说，于此，一切问题就出在特殊的先天性上，出在被损害的机体具有特殊的染上某种疾病的因素。毕竟，这样的情况并不鲜见，当人们心甘情愿地为自己接种这一个或另一个疾病，就是为了在自己身上追踪它的动向，而且并未染病。

有一件令人难以置信的案例，当时（1883 年），慕尼黑的佩腾科弗教授[①]想证明微生物并非对每个人都危险，甚至它们原本是无害的，他端起盛着有毒的霍乱弧菌培养物的试管，在众目睽睽之下全部喝完。佩腾科弗非但没死，就连胃病都没得。

这一令人难以置信的案例被称为科学之谜。它说明了一个观点，微生物确实不是对所有人都危险，并且需要衰弱的机体具有特殊的染上某种疾病的因素和特殊的先天性。这个观点或许是顶顶正确的。一般说来，机体的抗性问题至今尚未解决。

在此，显然，我们可以在肺痨的关系中画一根横线。显然，要患痨病，必须具备特殊的先天性，可能还有特殊的、错误的肺部供给。

有一种普遍的观点认为，似乎肺结核病人通常具有先天性过度敏感和过高情欲的特点。然而，这里有可能在某种程度上混淆了因与果。过分的敏感需要耗费极大的能量，这无疑破坏和降低了肺部的供给，为肺结核创造了有利的条件。

当然，还不单单是过分的敏感，任何过度的能量消耗都可能产生类

① 佩腾科弗（1818—1901）德国卫生学家，实验卫生学奠基人。欧洲第一个卫生学研究所创办人（1879）和领导人。有关于空气、水、食物、衣服等卫生以及霍乱病原学和流行病学方面的著作。——译者注

似的情形。

如果是这样的话，那么即使在不利的遗传性条件下，肺痨也不是意外的和偶然的。诚然，这种疾病经常，甚至多半是由于社会原因造成的，而且往往不可避免地是由于过度劳作和极其艰难的生活条件，但与此同时它也是由于不会善待自己的机体造成的。

在本文结尾，作者想谈谈果戈里以及他早逝的原因。

果戈里的疾病、精神病和死亡非常有特点且有教益。

当然，关于果戈里必须有专门的论述。奇怪是吧，这个伟大的人，确切地说，伟大的作家，也在我们的名单上，亦即在对某些事物不了解的人的名单之中。

出于对作家的尊重，作者不敢完全肯定自己的想法。也许，作者自己对此亦不甚了解。可在我们看来，果戈里终究犯了一个严重的错误，这才导致他得了精神的疾病并早逝。

从三十岁起，果戈里经常前往欧洲度假胜地寻找自己失落的青春。

他这是在等，既然他会接受如此之多的浴疗，喝掉那么多杯卡尔斯巴德水，他是在等待着自己痊愈。

他认真地给他的朋友们写信诉说此事。这些信件阅读起来使人相当沉重。果戈里对自己身体的想法有时会天真到极点，这与他的智慧和对生活的理解完全相悖。

但是作者是在当下指出时代的谬误。每个时代都会对一些事物产生盲目的。

果戈里依靠水和旅行寻求痊愈，而在当时痊愈唯有来自他的内心，或许，唯有改变他对那些烦扰他的事情的态度才行。这或许可以做到，因为政治和社会的巨大矛盾作家尚且始料未及。

哲学家塞涅卡（1953年）写信给他的朋友柳齐利耶：

“噢，柳齐利耶，你有什么可惊讶的，这个旅行帮不到你，因为你到哪儿都带着你自己。”（塞涅卡将这句妙语归之于苏格拉底。）

于是乎果戈里到哪儿都带着他自己，什么都没做，没能改变那种状况，没能及时防止在他生活极其不正常的期间发展起来的精神病。

果戈里死于四十二岁。在他最后几年为他诊疗的医生们对他的病情大惑不解。他似乎什么病都没有。当然，八十年前要诊断这些疾病还是很难的。他的新陈代谢遭到破坏，是不正常的，所有的脏器运转极度衰弱，这必定引起内分泌失调，失调再导致由神经中枢极端的疲劳过度而引起的毁损。必须要说的是，内分泌与大脑中枢系统的一个器官[①]关系极其密切。

因此，大脑的巨大疲劳以及它的错误供给破坏了分泌系统的运转，分泌的错误运转又同样通过腺体产生错误的化学品致使大脑和血液中毒。

在这里，问题显然不单单只在于系统性的疲劳。在这种情况下（果戈里的），可以容许某种遗传的不正常，容许嵌在神经系统中枢部分，调节和制造新陈代谢的某种机制弱点。在我们这个时代，毫无疑问，医学已然认识到，果戈里的精神神经（机能）症或许可以通过细致入微的心理分析和性格改造途径来治愈。如果理性地处理，就不会导致精神性的疾病。年轻时，果戈里的精神高度兴奋转变成最严重的抑郁，这恰恰

---

① 这就是所谓的植物神经系统，除了大脑中枢，它还有几个神经干分布在整个身体。该器官调节和主管中枢的活动，胃肠道、血液循环的运转，分离腺体的化学分泌物等。腺体分泌和神经系统之间的这种关系（毫无疑问，可相互的）极其复杂且尚未研究透彻。无论如何，密切关系已然建立——而刺伤大脑固定区域致使动物尿中出现糖。——作者原注

表明调节的紊乱，是它控制着机体的速度和节奏。果戈里年轻时多少还能抵抗得了这种失调，确乎是出于本能而不是理性。他通过改变感受、旅行来切断不正常的和错误的下降惰性。

他抖擞自己，要摆脱错误的姿态，犹如抖搂断了钨丝的电灯泡，好让它亮起来。设若果戈里更仔细地研究自己，了解他自己并不完全健康的大脑的某些特性，他也许就能够控制住自己，就不会任由精神疾病发展，这些疾病缘起于一系列的原因和内部秩序的不正常，以及他同样不正常的外部生活。

果戈里身体死亡的原因正是由于新陈代谢的失调，指出这一点既有意义也不容置疑。在他生命中的最后几个星期，因为精神的疾病，果戈里吃得极少，而临终那几天他完全拒绝食物。这时医生们开始给他强制喂食，然而他的胃不作为，于是果戈里死于整个机体功能彻底溃乱导致的精力完全衰竭。

事实上，这里的问题全在大脑的极度虚弱。诚然，医生们说大脑本身并没有衰竭。但显然并非完全如此——不正常的大脑供给，当然会改变细胞的成分，耗尽神经节，因此致使大脑极度虚弱，或者更准确地说，使大脑衰退。而大脑是我们身体的主要调节器，没有一个生命现象、没有一个进程、没有一个生命的动作离开先决的神经冲动和大脑的特别反应而得以完成。故此，一旦这个器官受损，它派送的正确性遭到破坏，很可能招致天下大乱，所有脏器的损毁。

破坏这个复杂而精密的设备非常容易。胃、心脏和肺已经存在数百万年——它们与人的存在须臾不可分离。大脑作为一种思维的器官现身，还是不久前的事。而这一切更需要谨慎和妥善地处理。

注释Ⅲ

（见第六章）

在年轻的时候就抛弃工作的这类人委实不少。伟人中可以提及的有：格林卡、舒曼、冯维辛、戴维、李比希、布瓦洛、托马斯·摩尔、华兹华斯、柯勒律治等人。

我们卓荦不凡的作曲家格林卡的生活非常有特点。他活了五十四岁，但大约在三十八岁时，他的活动差不多就结束了。他曾经承诺写两部新的歌剧，但是却放弃了。而在最后的十年里，他沉浸在严重的抑郁状态中——只撰写关于自己生活的回忆录和宗教题材的作品。

法国诗人，古典主义理论家布瓦洛（1636－1711）活到七十五岁，但他从四十岁起就不工作了。众所周知的化学家戴维，发现了一系列新的元素（钾、钠、钡和镁），气体乙炔，还是以他的名字命名的安全灯的发明者。才华横溢的物理学家和化学家戴维三十岁时就已经日薄西山。三十三岁时，他的科学活动就中止了。然而，在此之后他又生活了二十年。在这里值得指出的是破坏的力量，或者说他大脑工作的变化。在这二十年间，他写了两本无关宏旨而稀奇古怪的小册子，其中一本是《钓鱼指南》，另一本是《论文化》。后一本书被认为是新奇的、甚至是非凡之作，不过毫无疑问，人类即便没有它照样玩得转。

这里还有一幅伟人夭亡与颓败的图景。德国著名化学家李比希

（1803—1873 年）年近三十时，由于紧张的脑力劳动导致极度疲劳，已经感觉到体力完全消耗殆尽。

他写信给朋友：

"……我几乎厌倦了我的生命，我能想到的，就是要不然就开一枪或者弄一根绞索凉快凉快。"

另外一封写于三十五岁时的信：

"……如果我没有结婚，我也没有三个孩子，那么对我来说，一份氢氰酸比我的生命更令我愉快……"

可这个人好歹还是活到了七十岁。年近四十岁时，他作为科学领域实验者的职业生涯已经停止。

他的主要发明和研究都是在三十七岁之前完成的。

在他的后半生，他以某种方式致力于自己发明的实际应用。但这些实际应用的作品并没有得到任何传播推广。

哺乳期婴儿喝的汤、烤面包粉、咖啡提取物，就是这些让一个伟大的人忙碌了三十年。这里面（跟戴维相似）显然产生了大脑那些区域的生理消耗，每逢创造性工作，大脑的这些区域尤其紧张。

舒曼[①]、霍夫曼[②]、俄国列昂尼德·安德烈耶夫（1871—1919）都是在将近三十六岁时结束活动的。

三十六岁时安德烈耶夫在一封信中写道：

---

① 舒曼（1810—1856），德国作曲家。德国浪漫主义音乐家的代表人物。作有标题性抒情戏剧钢琴小品套曲《狂欢节》等，对钢琴奏鸣曲和变奏套曲的发展做出贡献。——译者注

② 霍夫曼（1776—1822），德国浪漫主义作家、作曲家、画家，浪漫主义音乐美学和音乐评论的奠基者之一。他的作品既有轻快的富于哲理的嘲讽和离奇怪诞的神秘色彩，也有对现实的抨击，还有对德国的市侩习气和封建专制的揶揄。代表作有长篇小说《公猫穆尔的人生观》（1820—1822）等。——译者注

"开始失眠：完全睡不着——满脑袋都是糨糊。我不舒服。整部机器猝不及防地一下子开始罢工，好像没有明显的原因。看不见——在深处，在灵魂里。全身都痛，不能工作，把开始的工作都抛在一边。"

三十八岁那年：

"现在完全病倒了。有点神经紧张，心脏也不对，头也有问题。全身都痛，尤其是那个该死的头……"

从那时起，安德烈耶夫不再是一位杰出的作家。最后那些年的作品都是平庸之作，甚至好像是硬挤出来的。

据说，原因是安德烈耶夫的理想主义语言就"在灵魂深处"。

英国出色的讽刺诗人华兹华斯（1770－1851）活到八十一岁。英国认为他是最伟大的诗人之一，并以他的名字来命名英国文学的整整一个时代——那个闪耀着拜伦、雪莱和司各特的名字的时代。华兹华斯在英国甚至比拜伦更为流行。然而，一切有价值的东西都是华兹华斯在四十岁之前完成的。此后，正如文学史所言，"他文思枯竭，用了四十年重复自我……"

英格兰另一位伟大的诗人柯尔律治（1772－1834）活到六十二岁，但诗作都是在三十岁时留下的，正如传记作者所说，由于生病，后来就只做批评家了，再后来则成为哲学家和神学家。

我们的作家冯维辛（1744/1745－1792）的生死令人非常好奇。他的文学生涯结束于三十七岁。四十岁时他瘫痪了。医生无法确定病因，而冯维辛本人则将此归罪于异常激烈的文学活动。

瘫痪的冯维辛坐在轮椅上。他不止一次命令仆人把自己的轮椅停在科学院（当时还是一所大学）附近的滨河街，每每大学生们走出大学，冯维辛总是挥手朝他们大喊："不要写作，年轻人不要写作。瞧瞧文学都给我干了什么。”

他在人生的第四十八个年头去世了。

紧张的大脑运转还会摧毁雄伟的，甚至神话般的力量，正如拿破仑（1769—1821）是也。

在他生命的第三十六年，拿破仑犯下第一个严重的错误。他当着波旁王朝的面在中立区逮捕了当吉安公爵[①]并枪毙了他。这是他最初流露恐惧（干脆说，也就是神经衰弱）。

关于这个错误，拿破仑警务大臣富歇（1759—1820）睿智地说：“这比犯罪尤甚，这是一个错误。”

1808 年，拿破仑开始了最无益的，甚至最无谓的对西班牙作战。一位传记作者在谈到这场战争时指出：“拿破仑的理智已经失去了意识的分寸感！”

第一轮失败之后，拿破仑的神经已经明显衰弱。确切地说，是拿破仑的神经开始衰弱，才开始了首轮挫败。1808 年以后，拿破仑不但变得烦躁不安，就连遇到最最小的反对也会发狂。

从那时起，他已经接连输掉几乎所有的战斗。他着手一个进攻俄国的糟糕策划。他变得敏感，甚至畏葸不前。在一百多天的时间里，他表现出极其意志薄弱的迹象——他对着儿子的肖像哭泣，在关键时刻，他不是亲自去部队，而是派他的将军去。

可以放胆说，历经人生三十九年之后，拿破仑仿佛不存在了。

关于 1815 年的拿破仑，传记作者写道：

---

① 当吉安公爵（1772—1804）法国王子，波旁王朝旁系（孔代家族）的最后代表。法国大革命之后流亡国外。拿破仑怀疑他企图篡夺法国王位，于 1804 年派法国龙骑兵将其押回法国。——译者注

“不是身体上的，而是灵魂疲惫的重压让他即使在白天也整整几个小时睡在床上。”

极度虚弱的、过度兴奋的大脑摧毁了这个伟大而异常聪明的人，或许还是最聪明的人之一。

这里有一个小场景，展示出拿破仑有多聪明，他对事物本质的理解有多深刻。

1810年，他去走访鼠疫流行的营地。他想树立起一个勇气和无畏的榜样。他在营地转来转去，对随从说：“谁能克服恐惧，谁就能战胜鼠疫。”

事实如此。恐惧是一种神经紧张的状态（虚弱，许多神经中枢不活动），在这种情况下身体特别容易感染疾病。

拿破仑的陨落并非偶然。这是不可避免的。他的状况需要消耗巨大的能量。

注释Ⅳ

（见第六章）

这个过时的“灵感”一词大概给当下的读者什么都解释不了。而况，因为我们所有的材料都涉及与创作相关的人，就此谈点儿什么，弄清这个概念、这种状态并不多余，某些非凡的特性是被归属于这个词的。

“灵感”这一古老的概念尚未被其他词所取代。也就是说，这是身体的健康、精力充沛、容光焕发和自信的完美搭配，使个性的一切力量能够集中一处——亦即所谓的艺术。这是体力、能力。这是整个机体的一个特殊的，但不完全正常的运转。确切地说，甚至是完全错误的运转。灵感是不完全正常的状态，它十有八九是超负荷的，这一高级的运转是由其他较低级的功能负担的，所以它被称之为“升华”。

这一被称之为灵感的创作状态以何种形式、从何处而来呢？

请注意，一个生活淫逸放荡的人不可能有灵感。他可能有灵感，但他拥有得越少，他就愈淫逸放荡。而且不仅淫逸放荡，还有精力不必要的浪费，以及快乐、从容的生活，顺心如意，对女人的爱——这些对于灵感而言都是非常不利的处境。

不错，有一个极好的例子——恋爱的人写诗。但是假如他们的爱情修成正果，他们总是会停止写作。也就是说，恋爱之人的诗就只写到他们尚未把精力花在比较“低下的”需求上那一刻为止。

如果假设一个男人被一个女人抛弃，他的这个不幸就是他写一些颇具灵感的诗或小说的大好机会。这类例子我们知道很多。①

从这个意义而言，巴尔扎克（1799—1850）的生活极其悲惨和具有代表性。这位最伟大的作家写作得如此之多，无人能出其右，但却接二连三地遭受爱情的失败。

一个男人爱一个女人爱了将近三十年，这些年里他只见过她三次。第一次见面持续两个星期，第二次是一个月，最后，是在他去世前的半年，已然衰老不堪，他娶了她。这是一个不同寻常的升华的例子，将低下的过程转化为创造力。

卢梭（1712—1778）一年就写完小说《新爱洛绮丝》，据他的传记作者说，当时他疯狂地爱上了一个女人，而她并不属于他。

还有一个升华的典型范例。普希金按照冈察洛夫的建议行事，将婚礼定在 1830 年 10 月。普希金从他父亲那里得到领地波尔金诺，在 8 月的最后几天，他赶往那里安排事务。普希金本打算在 9 月的头几天返回。然而，回不了了。到处因为霍乱在隔离检疫，而况通往莫斯科和彼得堡的道路已被切断。堕入情网的诗人被迫在波尔金诺耽搁了三个多月。

所有的愤懑、渴望、忧伤，因为耽搁引起的怨恨和狂怒，所有未尽的柔情和对新娘的蜜意，所有这一切在三个月的时间里都被“磨碎”，

① 薄伽丘（1313—1375）在他的《十日谈》序言中写道，不幸的爱情使他创作出这本书。他写此书以“感谢阿穆尔将他从自己的锁链中解放出来”。贝多芬曾经拒绝他的一位女崇拜者奉给他的爱，他对朋友说：“即使我想这样牺牲自己的体力，那也是要留给更好的、更高尚的。”——作者原注

转化为创造力。被称为“波尔金诺之秋”的创作数量之高独一无二。大概没有人，也从来没有过，能在三个月之内像普希金那样创作得如此之多。

他完成了《叶甫盖尼·奥涅金》，撰写了《别尔金小说集》的五个短篇小说，他还创作了《石客》《瘟疫流行时的宴会》《科罗姆纳的小屋》《吝啬的骑士》《莫扎特和萨利耶里》《戈留辛诺村的历史》，此外还有一些小诗。这就是闻名遐迩的，令文学史家惊叹不已的“波尔金诺之秋”。

最伟大的创作几乎从来都不是出自平静的、四平八稳的、顺心如意之手，更遑论在女人那里爱情得意了。不错，如果可以这样说的话，很多人都本性“膨胀”。譬如，歌德娶了一位不识字的女工，与她生活，多年来好像颇为美满，然而他却经常爱上他在宫廷里遇到的“漂亮妇人”，似乎还将这类迷恋变成了诗歌。

故而我们不必与那些幸福的人较真，他们即便都是本职工作的高手，在私生活上乃是输家。尼采、果戈里、康德的生活是可悲的，他们完全不了解女性。

注释Ⅴ

（见第六章）

那些“游说”作家回到艺术创作道路上的评论家，显得非常幼稚和愚笨。比如，有一次托尔斯泰被游说回来写艺术性的散文，而当时作家正在忙于宗教问题。还有游说果戈里的。

当然，没有任何游说奏效。这里的问题不是作家情愿不情愿。这是一个身体状态的问题，这可没那么容易改变。

从这个意义上说，就连别林斯基也犯了一个错误，劝导果戈里走上真理之路，请求他回到之前的艺术劳动上来。

这好像取决于作家。那好吧，他说，我这就回来。

回归这件事在作家的机体彻底修理之后是有可能的，这一点，譬如果戈里就没办到。而假若成功的话，他会回归而无须任何劝诫。并且，他回来后就不会创作那种生搬硬造的“正面形象”，他是那么梦想这个“正面形象”，为了它，即便没有真人比照，他仍然着手写作《死魂灵》的第二卷。

再说一遍，倘若果戈里已经恢复了健康，并且让自己“失落的青春”复返，就有可能发生这种事情。而且有可能，在意识的门槛之外，这种找到正面人物的希求——也就是渴望改造自己和改变自己的病态心理。但是，此处必须是从自己开始。

注释Ⅵ

（见第七章）

这是作者根据自己的思路，亲手整理出这份健康和长寿的伟人名单：

康德（八十一岁），托尔斯泰（八十二岁），伽利略（七十九岁），霍布斯（九十二岁），谢林（八十岁），毕达哥拉斯（七十六岁），塞内加（七十岁），歌德（八十二岁），牛顿（八十四岁），法拉第（七十七岁），巴斯德（七十四岁），哈维（八十岁），达尔文（七十三岁），斯宾塞（八十三岁），斯迈尔斯（九十岁），柏拉图（八十一岁），圣西蒙（八十岁），爱迪生（八十二岁）。[①]

这里都是些最典型的例子。

康德（1724－1805）常说（写道），是他亲手打造了自己的健康，延长了自己的寿命。

这被视为伟大哲学家的某种怪癖。

与此同时，正如我们所看到的那样，康德的“打造自己”，如果可以这样说的话，甚至是用“质量完全不怎么样”的材料打造的。

---

① 在此，无疑也应该向我们出色的同胞 И. П. 巴甫洛夫致敬。他今年八十五岁，但是他既没有失去活力，也没有失去从事创造性工作的能力。——作者原注

年轻时康德的身体很差。体弱多病、神经紧张和容易抑郁都预示他活不长。

“这是一个弱小的男孩，”他的传记作者写道，“身体细弱无力，胸部扁平凹陷。”

另一位传记作者（古诺·费舍尔）谈到康德时说：

“一个人身体虚弱，会给他的脑力劳动带来各种焦虑和困难。”

最后，康德自己也写道：

“我有一种抑郁的倾向，近似于活够了的感觉。”

体弱无力，甚至天生容易得病，但他仍然活到很老。年近四十，他的健康状况越来越好，到生命的最后两年，他什么疾病都没有。

“他良好的身体状况（传记作者写道）是小心呵护的结果。他从来没有生过病（年轻时除外），从不需要医疗帮助。”

他将自己的长寿当作自己的事业。他制作了一个早夭人员的名单，每年都阅读和仔细研究死亡率的表格，这些死亡率表格是应他的请求一直由柯尼斯堡警察局寄给他。

他的全部生活安排得井井有条，估算起来有如最准确无误的精密计时计。他十点整上床，五点整起床。三十年来，他没有一次不准时起床。七点整他出门散步。柯尼斯堡的居民都看着他校对自己的手表。

他生活中的每一件事情都安排得妥妥当当，事先定好，桩桩件件最微小的细节都考虑到，包括每天的食物清单和每件衣服的颜色。

关于力求确立固定的习惯这个问题我们将单独谈论（参见注释Ⅹ）。暂时我们要谈的，是这个希求根本不是什么怪癖或什么特殊的，或者说，康德的异常。其中存在着一个完整的系统，一整套理论，再重复一遍，这个问题我们会单独谈。

无论如何，康德使自己的全部生活服从于最严格的卫生准则体系，这是他基于对自己的身体和情绪长期的、极其仔细的观察亲自制定的。

他整体地研究自己的身体结构，自己这部机器，自己这个机体，他观察它犹如化学家观察某种化合物，同时往里面一会儿添上这个元素，一会儿加上另一个元素。

而这种保护生命，珍惜和延续生命的艺术是建立在纯粹理性基础之上的。

借助理性和意志的力量，他制止了身体上有时已经出现的一系列病象。

正如传记作者证明的，他甚至成功地缓解了感冒和流鼻涕。

他的健康可以说是他本人的、经过深思熟虑的创作。

他认为心理上的意志力是身体的最高统治者。

作者不认为这种类似于机器运行的生活就是理想的。但总归应该说康德的经历是成功的，他的长寿和巨大的工作能力赫赫然证明了这一点。

这是一个人把自己的身体等同于最精确机器的了不起的经验。当然，这很公平。但是这里面也有一个错误，我们以后再谈。

巴斯德（1822－1895），法国著名自然科学家和化学教授，四十岁时瘫痪了。引发他脑溢血的是过于紧张和大量的工作，可以说这个工作没有遵守任何起码的卫生准则。

而这个病例又是超常规的、甚至史无前例的：他活了将近七十四岁。也就是说，这次中风之后他又活了三十年，在这三十年中，他则以格外健康和非常精神焕发超过了一般人。更了不起的是，最有价值的工作和发现恰恰是在这个才华盖世之人的后半生做出的。

传记作者们还顺便指出，中风后巴斯德一面慢慢康复，一面在自己身边摆满从家用通俗医书到斯迈尔斯[1]的医学书籍，研究自己的身体和病情，一步一步地设法恢复他自己的健康和青春。诚然，巴斯德终其一生都左腿微瘸，但这大概是因为在大脑组织留下了机械性损伤，这并非人力所能改变。

歌德（1749—1831）与康德一样，力求准确性和有条理。与康德一样，他年轻时身体不好。而健康是他靠自己的意志，对身体的仔细研究得来的。

十九岁时，他的肺部出血。二十一岁时，他好像已经铁定是一个神经衰弱患者，健康和神经系统均遭到严重损害。

他连一丁点儿的声音都忍受不了，每一个声音都使他极其狂怒。强烈的头晕和昏厥使他无法从事脑力劳动。

研究过自己后，歌德逐步恢复了。他为自己打造出棒极了的健康，这健康跟他寸步不离，几乎一直陪伴他到生命的终点（他去世时八十二岁）。

他极其顽强和慎重周全地治疗自己的健康状况差、神经衰弱、心理脆弱。

认识到对声音的厌恶不仅是身体上的，也是心理上的问题，他便开始以一种看似有点奇怪，但无疑是正确的方法来克服这种厌恶。他去正在打鼓的军营，强迫自己长时间地聆听鼓声。有时他这一介平民，还强

---

① 斯迈尔斯（1818—1904），著名的英国作家、外科医生，还是英国著名的道学家和成功学家。其代表作《品格的力量》（1871）在英国问世以来，在全球畅销至今不衰，塑造了亿万人民的高贵品行，被誉为“文明素养的经典手册”“人格修炼的《圣经》”。——译者注

迫自己与军人一起踩着鼓点行走。

为了克制自己时常头晕的习惯，他经常强迫自己爬教堂钟楼。他开始去医院观看手术等此类不寻常的方式，以便使自己的神经和心理更加健壮与坚强，因而在自己岁月的尽头成为一个强壮、刚毅，工作能力超凡的人。

实际上，这些少量的为健康而战的信息已然说明了全部问题，并且使人想象得到，接下来的是一场在仔细研究自己的条件下，为健康和生命而进行的大战，且大战以彻底的胜利而告终。歌德活到高寿，直到耄耋之年也没有丧失创造力。

这个了不起的人是极少数活到八十二岁而仍未衰老的人之一。

“他死的时候，”歌德的秘书埃克曼写道，“给他脱去外衣换服装，结果，他八十二岁的身体依然年轻、光鲜，甚至美丽。”

是的，固然在我们看来，歌德做了某些妥协。他不是去战斗，而是成为一位出挑的宫廷大臣，将年轻时确定无疑损害了他的健康和个性的双重性彻底抛弃。他在公爵的宫廷里成了一个保守的“自己人”。这样的事，普希金是做不来的。

顺便说一句，歌德认为，死亡取决于人的意志。

作为一个六十八岁的老人，歌德在一封谈到死去的熟人的信中写道：

“死了，刚刚活到七十五岁。人们的不幸就在于他们没有勇气活得更久。”

埃克曼身后留下的札记中记录着一次与歌德这样的谈话：

“您在谈论死亡，好像它取决于我们的个人意愿？”

“是的，”歌德回答说，“我经常让自己这么想。”

所以，跟康德一样，歌德意识到了对心理的高度控制。

“简直令人难以置信，”歌德写道，“什么能够影响精神（即大脑、心理）去维护身体……主要的，是必须学会统治自己。”

有一次歌德病了，弄伤了手指，他把治愈归结于自己的意志：

“假如我没有祛除疾病的坚强意志，我就会不可避免地感染炎症而患上热病。简直想象不到，道德的意愿都能做到什么。它渗透于整个身体，促使身体的活动不至于产生有害的影响。”

一切井然有序与准确无误是歌德的主要行为守则。

“过无秩序的生活人人皆可。”歌德写道。

而当上大臣后，他说：“宁要不公正，不要无秩序。”

列夫·托尔斯泰活了八十二岁。他的长寿并非意外。

他活得长久不是因为他过的是伯爵的、有房子有地的富裕地主的生活。当然，这既帮到他一点，但亦部分地毁了他，它所造成的一系列的矛盾，损害到他的神经和身体健康。众所周知，这些矛盾也是他死亡的原因——这位伟大的老人弃绝老爷的生活，离家出走，很快就在途中死去。

人们通常都以为托尔斯泰是一个身体很棒的人，这是不正确的。年轻时他患有肺病甚至被当作初期肺结核治疗。四十岁开始，他患上严重的神经衰弱和精力衰退。他跟这个神经衰弱奋战了许多年。这场斗争是成功的。扔掉文学，研究上哲学，托尔斯泰设法回归原来的工作，让自己恢复了失去的精力。

患病期间，他给亲友们描写这种病状。这些信件阅读起来令人吃惊，它们描述的心情与我们通常对托尔斯泰的认知如此不相符合：他七十五岁学会骑自行车，八十岁骑着一匹马，一路小跑二十多俄里[①]。

譬如，他写信给斯特拉霍夫[②]：

“我的精神在沉睡，无法苏醒。不健康。苦闷。对自己的精力绝望。连想它的力气都没有……”

给费特[③]的信件里写的是：

“……我身体不适，心情不好，眼下老是这样。现在我感觉自己完全病了……”

“……该睡睡不着，因为神经和头都虚弱，而且不能工作，写东西。”

在给妻子的信中写道（1869）：

“第三天，我在阿尔扎马斯过夜……半夜两点钟，我累极了，想睡觉，哪儿都不痛，但是蓦然之间，郁闷、惊悸和恐惧向我袭来，我从来都没有经历过这样的情形。我跳将起来，吩咐套车。他们套车时，我睡着了，醒来时好好的。”

这类信件摘录可以列举很多。根据这些信件，可以重现托尔斯泰身体颓败和神经病的情景。

考察托尔斯泰如何为自己的神经而战，以及他通过什么途径恢复健康，这是很有意义的。意识到他大脑的某些部分由于文学创作疲劳过度，他并没有完全放弃工作（这样无疑会毁了他），而是把精力转移到

---

① 1俄里等于1.06公里。——译者注

② 斯特拉霍夫（1828—1896）俄国政论家、文学批评家、哲学家。彼得堡科学院通讯院士（1889）。写有评论托尔斯泰创作的文章。——译者注

③ 费特（1820—1892）俄国诗人。彼得堡科学院通讯院士（1886）。他的诗手法高超，充满旖旎的自然风光，捕捉了人们心灵中转瞬即逝的感情变化，对20世纪俄国诗歌的发展有影响。——译者注

其他工作上。于是他开始学习希腊语；时而打理家业，过问每一件小事，时而给农民编写字母表；最后还捡起哲学，撰写有关宗教和道德问题的文章。

就本质而言，托尔斯泰全部的哲学就是极端神经衰弱的、“方便的”哲学，如果可以这样说的话，就是为了作者写作它们时所处身体状况的哲学。所有的哲学结论和行为准则，都被当作健康的通俗医书，指导身体如何健康，为了身体健康究竟应该做什么，以及应该如何对待周围的事物、人和环境。这个哲学主要就在于适合托尔斯泰本人的性格、他的特点和他的神经衰弱。

缔造这个哲学就是力求调理好自己，保护自己不罹患损害其意志和身体的疾病。难以想象还会是别的什么。托尔斯泰真的是太聪明了，看得出所有人都与自己相像，他未必不会这么想，他的哲学体系，他的勿以暴抗恶体系和被动的服从也适合所有人，甚至适用于健健康康的、结结实实的，精力充沛的人。

作者并未打算贬低一个卓尔不凡的作家。很有可能，托尔斯泰在撰写文章时并没有想到自己。在这些哲学文章中有的是渴望帮助受苦受难、疾病缠身的人们，但是，或许在潜意识里，这也是希求找到一种处事态度，借此能够延年益寿，不毁坏自己的健康。

这个哲学体系对许多人来说是以惨剧结束的。在托尔斯泰的追随者中有好几个人自杀，还有许多生命被毁灭。

记记忆犹新的是某个托尔斯泰分子，好像叫列昂季耶夫的那个人闻名遐迩的自杀。他分光自己的财产，放弃教义的信念之后，在他生命的第四十三个年头开枪自杀了。

不管怎么说，托尔斯泰赢得了胜利。他恢复了自己丢失的健康，恢复了他的创作能力，几乎到他岁月的尽头，既没有衰老，也没有颓败。

B. 布尔加科夫写到八十二岁的托尔斯泰时，说：

“列夫·托尔斯泰骑着马阔步而去，我不得不在他的疾驰后面追赶。”

托尔斯泰骑了六个多俄里之后，布尔加科夫问：

“您不累吗，列夫·尼古拉耶维奇?”

托尔斯泰回答：

“不，一点都不累。”

还有一个卓越的人，他使得自己青春复返，让自己长寿，然后没有遗憾地离开。他就是哲学家、尼禄的老师——著名的塞涅卡（生于公元前3年）。

塞涅卡年轻时曾经两次企图自杀，因为他的健康状况太过可悲，以至于他了无生趣。这是他自己在书信中写的。

他之所以没有自杀是因为可怜父亲。

从传记和书信中可以得知，塞涅卡患有严重的神经衰弱症和强迫症，还有神经官能症，这些疾病完全剥夺了他支撑衰竭的精力的可能性。

有一个颇为有趣的情节：哲学家在生命的这个阶段已经引起卡里古拉（12年—41年）皇帝对他的愤怒。皇帝没有掩饰他自己的感情——他嫉妒年轻的塞涅卡巨大的雄辩能力和智慧。

他下令杀死哲学家。然而，皇帝的亲信们都说，杀死这个哲学家不值得，因为他反正不是今天就是明天会因为病入膏肓而亡。

于是皇帝取消了这个决定，将此事留给了大自然。

然而哲学家没有死。若干年之后还使自己完全恢复了失去的健康。

只不过这并非意外。这是给自己做的一桩巨大的工作。这是对整个心理的一次改造。故而哲学家可以在信中不无根据地写道：“需要活多久——永远在我们的掌控之中。”

自己的健康和长寿，自己非凡的意志力和坚强的心理，这就是哲学家在最不利的环境中设法造就的。三位皇帝（卡里古拉、克劳狄和尼禄）试图用他们自己的权势击碎他。

在克劳狄（前 10 年－54 年）统治时（时值塞涅卡四十岁），他被流放到科西嘉岛，度过八年流放生涯，这反倒愈加增强了他的意志力和健康。

他被从流放地召回并被任命为尼禄（37 年－68 年）的老师。

塞涅卡将他坚强过人的意志和非凡的智慧力量保留到他生命的最后一刻。

他死时大约七十岁，绝对健康。设若尼禄没有判处他死刑的话，他会活到九十岁。

公元 65 年，针对尼禄制定了一个阴谋。塞涅卡受阴谋牵连被判处死刑。不过，尼禄皇帝以特别恩典的形式赐给前老师自杀的权利。

自杀发生在这种特殊的情境之下，尤其凸显出这位了不起的老人的勇气和意志，哲学家的最后几个小时值得大书特书。塔西佗[①]描述了此次自杀：

收到判决的消息后，塞涅卡想写一个遗嘱，但他被拒绝了。

---

① 塔西佗（约 58－约 117）古罗马历史学家，其著作记述了罗马城和罗马帝国公元 14－68 年间的历史（《年代记》），以及古代日耳曼人的宗教、社会制度和风俗习惯。——译者注

于是，哲学家跟他的朋友们说，这是因为不允许他把财产遗赠给他们。他还要留下一件东西，也许是最宝贵的，那就是他的生活方式，对科学的爱和对朋友的依恋。哲学家安慰朋友们，一边劝他们不要哭，一边回顾斯多葛哲学的学说，宣传克制与坚定。

然后，他转向他的妻子，恳求她抑制住她的悲伤，不要悲伤太长时间，允许自己有一些娱乐。

帕乌丽娜表示抗议，让他相信死刑是判给他们两个人的，还吩咐割开她的血管。①

塞涅卡没有反对她如此高贵的决定，既是出自对妻子的爱，更是出自担心，害怕那些侮辱当他不在时会加诸于她。

然后，塞涅卡把双手的静脉切开。可是看着他老年人的血流得缓慢，他又切开了双腿的动脉。

担心他的样子惊扰到妻子，他吩咐把自己搬到另外一个地方。

然而，死亡怎么也不来。于是塞涅卡命令给自己毒药，可毒药也不起作用。

于是哲学家下令把自己放到热水浴盆里。他祭奠了解放者丘比特，很快就咽气了。

我再说一遍，我们绝对难以想象这个人的力量与坚定。必须有钢铁一般的神经，方能如此英勇地把持自己。做到这一点的这个人，年轻时曾经因为极度神经紊乱而陷入困境。

---

① 以我们的神经和我们的心理，甚至再难想象日常生活格局里的这幅画面。哭泣的朋友们。哲学家，他必须当着所有人的面割开自己的血管。妻子，丈夫允许她做同样的事情。门卫，站在门口等着结束。一群好奇之人……我们难以想象现实生活中的这幅画。——作者原注

顺便说一句，塞涅卡的妻子帕乌丽娜得救了。尼禄担心她的死会招致对他过分的残酷訾议，所以就下命令救她。及时给她包扎了血管，尽管她失血很多，但还是活了下来。

塞涅卡的死是偶然的。他原本可以活得相当久。

注释Ⅶ
（见第十章）

当然，这个说法是有点幽默。但是还有其他的例子，以其严肃性证明这个想法。

顺便聊聊葡萄酒。在阿拉伯故事里有个地方讲到一个人对来访的客人说：

“他喝完了三个里特利的葡萄酒，这时他的心里充满喜悦和兴奋。”

三个里特利大约等于一升半。这分量对我们这里人的健康来说不怎么正常。

再说，神经在最近几百年以来的改变与劣化，甚至无须证明。这已然不证自明。在这种情况下，哪怕回顾一下刚刚描述过的塞涅卡的死亡以及死亡时的情形就足够了。

不过，还有一个描述，最直观地显示出神经之间的差异。

就是这个塞涅卡在他的书信中写到，有一次他曾经去罗马斗兽场观看角斗士的角斗。

是的，千真万确，塞涅卡对这种厮杀的残酷感到愤慨。可他仍然冷静地，以我们所不熟悉的那种坚强的神经，描写了这次厮杀。

塞涅卡原本是想去看看有什么可开心，或者至少是一次有组织的角斗士的角斗，但撞上的却是罪犯的厮杀。

而必须得说，罗马斗兽场里，每天早晨，角斗士们，也就是击剑大师们都会一对一地角斗。中午角斗的则是没有盾牌和盔甲的罪犯。他们的整个身体都裸露在相互击打之下。而且毫不怜悯和毫不留情，当然不能指望这些。实际上这明摆着是一种特殊的死刑，让罪犯们自相残杀。

很难想象有我们这种神经的观众会如何表现。

同时，塞涅卡写到了观众对这类角斗的沉迷和热爱：

“相对于一般性的角斗士一对一角斗，绝大多数人更喜欢这种厮杀，之所以更喜欢是因为这里不能用头盔或盾牌抵挡击打。

更喜欢这样的厮杀——做到这一点的确需要拥有不同寻常的神经。

在我们看来，这些角斗，还是有组织的角斗士角斗，简直太可怕了。

我们有时把这些角斗想象得既喜庆又庄严。但情况远非如此，其实是“胆小而懒惰的战士被用鞭子和燃烧的火把驱打着去角斗”。

塞涅卡写道：

“不久前，有些日耳曼人正在准备早晨的角斗表演，其中一人请求准许离开去方便。在那里，他拿海绵缠在棍子上，用污水沾湿，把它塞到嘴里，堵住喉咙，把自己闷死了。”

这就是那些准备去角斗的人的状态。塞涅卡还写道：

“不久前一个角斗士被押运去参加早上的表演。好像是因为太困了，他摇摇晃晃地坐在马车上，最后头垂得太低了，低到车轮的轮辐中间，直到转动的车轮扭断他的脖子。”

罗马公民渴望观看这些角斗，但总归更喜欢像塞涅卡所说的，更血腥的罪犯厮杀。

这种残忍和兽性心理实质上就是所谓兽性的神经坚强。

还可以再举一个书中例子，是有关健康变化的。

有一种观点认为，在神经有些衰弱的情况下，性本能仍然丝毫不会减少。不过，情况显然并非如此。

我们在古书中读到关于单相思的痛苦，以及这种欲望的狂热，其程度是我们绝对达不到，亦理解不了的。

我们是将此当作一种特殊的文学夸张和异域风情来看的，不曾想它果真如是。在我们当代的书籍中，甚至丝毫没有类似的夸张。在我们，爱与欲望很大程度上被认为是享受，不是在这里，就是在那里总归可以得到。我不记得有哪一本当代的书中，谈及恋爱之人的过度痛苦。

例如，古罗马作家阿普列乌斯（《金驴记》的作者）就将恋爱的痛苦比作鼠疫。

阿拉伯故事中说，人的身体变了形，他的爱情却分不开。

"他的脸色变了，他的身体瘦了，他不吃、不喝、不睡，那样子像极了一个病了二十年的病人。"

接着就一直讲述因为分不开的爱情导致的死亡。

作者既不是学者也不是研究者，他大概无法解决这个问题——神经后来是如何以及因为什么原因改变和衰弱的。

但是，衰弱这种情况的发生无疑是清楚的，而且改变之急遽最近两百年尤甚。

或许，在这里我们应该先用高调的语言谈谈资产阶级的欧洲文化的毁灭，谈谈历史的错误进程，谈谈所有更为精确的文明，是它磨损了大脑。然后再洒上几滴毒药，或许应该写一本关于文化史的讽刺之作。曾经有人建议过作者写一本这样的书。不过作者没有这个爱好。作者不大相信讽刺的治疗特性，设若不是特别有同情心的话，就跟讽刺家的崇高称号分手吧。

作者偶尔有缘碰到过讽刺家。他们全都高尚得义愤填膺，描写人们的罪恶——贪婪、利欲熏心、奴性和卑躬屈膝。他们哭天抹泪的，说亟须改善人类的品种。而一旦有社会革命出现，一旦在我国情况开始突然改变，开始扫除人们心中已经累积了几千年的全部垃圾，这些讽刺作家就去了国外，开始谈什么假如所有的人都崇高、诚实和体面，那么从根本上说，大概，甚至活着就会有点无聊了。

所以，作者没有这个爱好，也不会用讽刺的方式来解决文化毁灭的问题。但是，作者仍然尝试着谈谈改变健康状况的原因，至少是改变了我们写到的那些杰出人们的健康状况的原因。

毕竟我们已经谈到过这样的人并不鲜见，活到三十五岁，就开始衰老和疲惫不堪，扔掉工作，活着成为自己和他人的负担，临了死时也未能青春复返。

这样的灾难我们归咎于个人的行为方式，同时据此意识到，有些祸事有的时候在劫难逃。

然而，个人的行为方式不能对不会生存负全责。毕竟，即便不会生存，也显示出可能存在这样的外在原因，那就是必须具备某些特殊的能力和特殊的技能，方能享受生命。

我们想要弄明白，为什么有时偏偏是这些杰出人士这么早夭亡。我们的想法是，他们死于神经失调，这又进一步引发整个机体运转的紊乱。而这种神经失调的发生有两个原因。

第一个原因——是精神冲突，即各种矛盾，大到社会秩序的，也有个人的、日常生活性质的。这种痛苦的机制在于，大脑因为纠缠不休的或沉重的思想疲劳过度，从而（因为大脑是机体所有运转的调节器）搞乱了运转，造成了对失调的习惯。

第二个原因——是职业性的，亦即大脑的职业性疲劳过度，带来这种疾病的类似情形。

然而，职业性的原因自有来源，而不仅仅在于不会管理自己。是的，自然，一部分可以归咎于它——既由于不会，也由于异乎寻常的，假如可以这样表述的话，对自己职业的酷爱，为了创作紧张至极的作品而违反卫生准则和休息。这亦可谓之为“生产的费用”。关于这个话题会有专论。（不过要注意，在这里经济原因往往起着决定性作用。）

职业病多半是由人自身以外的原因引起的。

换句话说，你可以熟知和牢记所有的卫生准则，却因为外部环境而不遵守这些准则。这些外部环境几乎总是经济性质的，而如果我们深究此事，那也是社会性的。亦即错误的劳动购买和个人的需求，而需求迫使供应者过度工作，好为自己创造某些其可以忍受的或希求的条件。

因此，在第一种和第二种情况下，亦即就精神冲突的情况和职业原因而言，总的来说，整件事情除了一些例外，都要由现存的社会宗旨负责。

也就是说，我们所谈论的许多杰出人物的夭亡，主要是由于在社会宗旨的那些条件下无法管理自我和自己的身体所致。

能够不顾一切艰难困苦活着，做到这一点的人少之又少，关于他们，我们曾经谈论过。因此，这个问题的根源主要在于社会宗旨。也因此，这个问题就其自身而言亦是复杂的。

关于杰出人物的灾难问题，我们处理得似乎简单粗暴了，就是说，我们采集了所有意识到的迹象——早逝、疾病、精神冲突、停止工作。但大有可能，还有其他的，我们更不容易注意到的原因致使生命颓败和工作衰退。我们指的是贫穷、物质匮乏、为自己创造可以接受的生活的尝试无果。

单看贝多芬就足够了。他是一个比其他人更能给人们带来欢乐的人——却死于贫困。况且他并非死于什么远古，那时的国家制度由于缺乏高度的文化和对艺术的不尊重，似乎无责可负。而贝多芬之死只不过是在一百年前，他的贫穷无疑是政治制度的奇耻大辱。

我们正在谈论的东西可能曾经被思考过多次。我们谈论此事不是为了发现什么新大陆。我们谈论这些事情，是为了再次阐明之前存在，现在仍然存在于其他国家的全部情况。

我国的社会主义新秩序，按不同的方式分配财富，从根本上改变了一切关系。获得这些财富的是劳动者，即作家、音乐家、学者、工人和职员，而不是会做生意的人。

这里面有巨大的公正。而且今天的困难是暂时的。

对于我们的某些劳动领域，将不得不比现在您有时所观察到的更灵活地对待。

用三十六个小时飞越大海的林德伯格[①]成了一个有财产的人。也许他成为一个富人是不正确的，但是他的生活有保障，毫无疑问正确。首先，在这三十六个小时背后，是多年的训练和技巧；其次，即使他很长

---

① 林德伯格（1902—1974），美国飞行员。1927 年完成第一次横越大西洋的 5800 公里不着陆飞行（从美国至法国）。

一段时间没有取得这些成就，对于此人仍然能期待更加辉煌的成就。

而把他当成每次都能够飞越大洋的人，是荒谬的。这不应该被视为一个人某种固有的，某种他永远都做得到的东西。在资本主义制度下这种专业技能的下降，尤其在艺术领域，频繁发生。这种观点和这种要求无疑降低了专业技能。但是在我们这里应该加以避免且可以避免。

注释Ⅷ
（见第十三章）

这里列举的是一种能量转换为另一种能量的例子，亦即精神能量转换为物理能量。激动的人在他的身体里产生了能量，即使在平静的情况下，能量也不会自行消失——它只能转换成另一种能量。

在这种情况下，它转换为身体能量——人开始尖叫、移动，甚至企图举起重物。而且，当然是能量越强，其表现越强烈。

这些呐喊和身体的用力必须要做完，以免所产生的能量对机体造成伤害。否则这种能量会造成器官紊乱和疾病，有时甚至死亡。

很想提醒注意的是，以这种方式出现的心理能量在转换时，最容易选择的是最脆弱的地方，那就是机体中有病的或虚弱的地方。

因此，心脏不好的，这种现象会从器官病变这方面出现，表现为心脏病发作、心悸或心律失常。

胃不健康的，能量就会选择这个器官。

而且不单单只是这一种能量，机体内随便什么病变都有可能选中这种最脆弱的地方。

我记得这样一件有趣的事：一个小男孩（我的儿子）接种了天花疫苗。就在同一天，我弯下身去试他的体温，不小心用香烟烫伤了他的手掌。第二天，在这个轻微烧伤的地方，出现了一个小小的溃疡，比医生打针的痕迹明显得多。也就是说，受到刺激的疮面最容易感染和病变。

当然，医学对所有这些规律和各种能量转换了如指掌，但是大多数人对这些规律要么完全不知，要么知之甚微，更谈不上实际应用他们的知识。

须知还有更为复杂的能量定律，知道这些定律是必要的，以备不时之需，可以避免灾祸或者疾病，甚至是我们提及的早逝。这种死亡有不少就是由于不会打理自己的身体，也就是由于对最基本的能量定律无知而引发的。

往往当脑力劳动加强时，一个人既不感到疲劳，也不感到虚弱，相反，他自我感觉好极了，没有失去工作能力，故此认为自己的机体对此颇为适应，加码的工作对他也没有害处。

与此同时，大脑可能消耗的能量显然大大高出标准，但这无疑是由其他器官，机体的其他部位负担了。

这就是为什么一旦工作停下来，反应有时候会达到极致，并且往往以死亡而告终（譬如杰克·伦敦）。

有意思的是，即使是新兴的科学也都知晓最微妙的能量法则，至少从事这个行业的人都知道。

但是我们身体的能量规律，也许已经研究得相当完善，却并不为人所知，而且随便怎么说都不普及。

当然，科学的门类样样俱全，例如卫生和逻辑，但是对于大多数人来说终究无法理解，过于抽象、太模糊，主要是几乎不实用。

从本质上说，到目前为止还没有什么基本的规则和基本的规律，根据它们人们应该可以不仅在自己的劳动和职业领域，而且在日常生活中了解自己和管理自己。这里面需要一些理解你身体运转的实用艺术。

须知所有专家都练就一种特殊的、最好的工作技巧，同时这种工作技巧还在不断地合理化和完善。画家精到地研究他赖以工作的颜料，但他多半不会生活，而且天生就不会自己给自己的生命提供机会。

例如，很少有人知道，我们的身体能够以不同的速度（跟任何机器一样）运转，而况经常高速行驶非但不会有害，且恰恰相反，这是非常有用的，甚至是起到良好作用的。在偶然的或一系列的情况下，可以这么说，人在缓慢的速度下支出的能量和生命力并不多，在大多数情况下这样即可维持生命，由此便完全想象不到，他可以创造的能量要大得多。

不错，这个速度取决于外部因素，其出现似乎并不总是受人的意志控制，但毕竟知道这些，人就能够时不时地调节自己身体的运转，也就不至于犯不可饶恕的错误。

从一种速度转到另一种速度通常属于意外，对身体的主人而言往往措手不及。

我曾经接触过一些人，他们治疗了很多年的忧郁症、精力下降和了无生趣，但同时作为机体运转的衰弱，诸如嗜睡、新陈代谢水平降低等，却往往根本不能称之为病变的指征。

通常它只是节奏慢，速度慢，人处于这样的速度要么是意外，要么是因为一系列的状况，要么干脆就是不会管理自己。

速度过高时，如我们所见，机体能够忍受灾难，消耗掉储备的精力而不在意。速度过于微乎其微时，这一灾难往往更频繁也更危险——机器可能暂停或长时间停顿，生产不出或生产出很少一点生命和运动必需的化学元素。

当然，对每一个速度而言，都必须具有一个目标和愿望，机器不可能原地移动。这永远要考虑到。

总之，速度的实质见之于下：如果一个人偶然（或被迫）做什么都是慢慢的、不情愿的，花费的能量微乎其微；如果他懒散地躺着，梦想着或吟唱悲伤的歌，那么同样的状况也发生在机体运转内部。于是，由于这样的状况经常性地重复，机体仿佛习惯于只使用这样的速度，而一旦习惯了这种速度后，一个人就不会再摆脱它，且相信这就是他的健康状态，其实这不是健康的状态，只不过多半是意外地建立起来的速度。

反之，一个人可以习惯于以相当的速度运转自己的机体而不对自己造成任何伤害。在这种情况下，只是增加整个新陈代谢而已。

这里面存在着机体运转的某种独特的辩证法。一切都在运动，无须建立什么，亦没有非它不可的状态。设若某种状态，或者说某种速度反而被建立起来的话，那么这多半是因为机体主人的错误或不懂而发生的。

在这里极其想要指出的是，不单单是个人，而且全体人民（哪怕是在我们国家）都能够转到另一个速度，即便压根儿不习惯。为此，首先必须摆脱过去的习惯，产生新的习惯，这些新习惯建立起来之后，就将创造出新的、提高的机体运转。

当然，在这里目标和追求是主要角色。但是不可以说大家都将毫无例外地追求目标，还理想地加以评价。更何况人是可能而且肯定会变的。我们的所作所为并非没有成绩。

正在追求的速度激励着新的、快速的机体运转。

那些没有参与这种改造的人们，那些无论如何竭力保持他们的技能和旧日传统的人们，也就是我们谈及的那些过早老去的人们，他们全都遭了殃。

注释Ⅸ
（见第十四章）

在这里有必要做一个这样的比较——健康的、正常的大脑和有病的、疲劳的大脑。它们的运转有什么不同？区别究竟在哪里？比较这个运转的方法是否可行？或者确切地说，找出造成大脑患病或导致神经衰弱原因的行为的比较方法是否可行？

区别似乎就在于此。健康的大脑（在目前的情况下，比如说猴子的大脑）具有非常显著的特征，即它只是在当前时间做出反应。这个大脑似乎不记得除现有的以外的任何东西。他有的是短暂反应。

猴子被打了。它对此的反应是拼尽它生就的全部力量，但就在这时又给了它葡萄——它的快乐并没有被挨打的记忆蒙上阴影。这个健康的大脑似乎没有任何记忆。

相反，病态的、不正常的大脑（极端的，比如说一个精神病患者的大脑）具有的显著特征是，它会由始至终、持续而不间断地念念不忘。某种意念、某种表象或者躁狂占据着大脑。这里面是长久的、持续的反应。

这样的大脑似乎想不起任何其他东西。它几乎与被注意到的一样，对周围事物没有反应，它似乎完全沉浸在自己的记忆里面。所有看得见的区别就在于此，而且这往往有可能是疾病的初始来源。

现在，如果我们拿罹患中等程度疾病的大脑来说事，譬如神经衰弱的大脑或者仅仅是过度疲劳的大脑，我们将看到，它的基本特性同样都在纠结于某些记忆。我们将看到，一个患有神经衰弱的人一直被什么折磨着，被什么操控着，找不出结论，仿佛带给自己长长久久的担忧和一些挥之不去的记忆。由此他迫使自己的大脑一刻不停地工作，这样一来，毫无疑问，制作的是越来越严重的疾病图片，因为已经形成习惯，且极其牢固，以至于连睡眠都改变不了它。而况神经衰弱者的睡眠，如上所述，既不缓解，也无休息，反而经常使病人甚至比白天还要疲劳许多。

因此，整个问题在于：如何让大脑休息，如何消除这些记忆？我们试着来谈谈这个问题。

毫无疑问，从神经衰弱中解脱出来的病人，不管是偶然的，还是凭借自己的意志，都能够让自己正确地、合理地休息大脑。而摆脱神经衰弱的全部难度恰恰在于此。

是的，作者并不打算写一本家用医学书籍，更不打算提什么医疗建议。但既然涉猎关于此病的言说，这种极其频繁的、不大为人所知的，甚至仿佛无时无刻不在的疾病，作者认为他有责任分享自己的知识。

这个疾病很多时候都不被诊断为疾病，尤其是在它的初期阶段。它被诊断为某种性格变化或者心情变化，抑或什么的。而且大多数时候，人们注意不到它的起始，等到接受治疗时病症已经既严重又折磨人了。顺便非说不可的是，往往不仅仅是开始注意不到，病入膏肓时仍然注意不到。

我经常收到读者来信，抱怨无聊、忧郁、自己的暴躁和对身边人的厌恶。他们请求我，一个作家，给他们些建议，告诉他们应该如何生活，以摆脱这些道德上的痛苦。顺便说一句，他们完全意识不到自己病了，他们应该找的不是作家，而是医生。当然，并非所有人都这样，但仍可谓大多数。

例如，这里所摘录的出自我 1932 年收到的一封信。信的作者三十一岁。他是铁路技术员和绘图员。

我是个地地道道的道德残废。我的性格一直都乐观开朗、热情洋溢，却突然变得很糟糕。不久前我都还喜欢热闹的社会生活，向女性献殷勤，喜欢同伴们的娱乐晚会和讨论，现在我变得孤僻，我以前喜欢的一切都让我恼火。笑声让我觉得既愚蠢又庸俗。冷不丁听到哈哈大笑声、玩笑，哪怕是歌声，我都会因此发大火。我甚至避免去剧院，免得恼火……

是的，我的生活不甜蜜，还有一次，活着的多余感使我苦恼不堪。

亲爱的左琴科，这是什么——是老年吗？还是可能大家随着年龄的增长都变成这样，唯有我不会把握自己？

我该怎么办？我应该阅读哪些书，可以哪怕能有片刻感觉自己不错和乐观？请指教。

这封信的作者把他的性格变化归咎于他的年龄或他无法控制自己。其实他只是患上了神经衰弱症。他烦躁、无聊、易怒、没有生活意愿——这一切都是神经过度兴奋和神经病的迹象。

然而，这个人却不认为自己病了，甚至连想都没想到过，否则他会去看医生，而不是找作家。而这正是疾病的全部复杂性所在。

伴随着痨病的是体温升高，胃部紊乱时肚子疼，感冒时人就打喷嚏，但这种时候反倒是魔鬼来光顾他——尽是些古怪的病征：他生气、厌烦身边的人、无聊、不想活了。

有这样的症候，的确无法一下子就判断出来是怎么回事，不会一下子就明白应该去看医生，而不是找作者。

这里还有一封信。它极有趣且颇具个性，所以尽管很长，我还是录下全文。这封信是我1931年从基辅的一名女工那里收到的。

左琴科同志！

我对一个问题非常感兴趣，于是我决定向您这个作家请教。

我只是不晓得你回答我的问题时，是否会给我能够比较容易理解的答案。我不得不先说一点我的生活，好让您能够回答我所提出的问题。

我只有二十三岁，不过在我短暂的人生中，已经经历了许多悲伤、痛苦和折磨。我从非常小开始就记事了，大概是四五岁吧，但无论如何，1917年的十月转折，我记得那么清楚，仿佛它刚刚发生在今天上午。

我是一名工人的女儿。我有一个哥哥，姐姐们和母亲。我父亲于1922年去世了。

在1917年的革命中活下来，我们生活的节奏蛮缓慢的（我们所在的省份是伊丽莎白格勒）。直到1919年，我们好歹还过得平静。我哥哥从1917年起就是党员。他曾在红军担任炮兵团团长，内战期间不停地在打仗。炮兵团开到伊丽莎白格勒时，我哥哥教我骑马和扔手榴弹（为了好玩）。那是在1918年和1919年。

多亏了这次“军事训练”，我掌握了骑术和甩开手臂投手榴弹。从小我就胆大过人，还能够飞快地领会接受，所以在六七个月内，我马就骑得很好了，手榴弹可以投八到十米远。

1919 年，我染上斑疹伤寒。突然格里戈里耶夫匪帮[①]进城，搞了一场犹太人大屠杀。病中的我，发着四十度高烧，被从公寓的窗户放到空旷的院子里，那里有个棚子，我们可以待在里面直到匪徒离开。公寓里是不敢再待下去了，因为格里戈里耶夫假如晓得我们家有共产党人，会无情地乱刀砍死全家。

就在这时，还没等躲进棚子里，匪徒就已经飞奔而入。他们用斧头、马刀和卡宾枪威逼着要钱。有多少给多少。但是黑帮们并没有就此离开，他们把我们带去首领格里戈里耶夫的司令部。穿过街道时，看到堆积如山的尸体，我昏了过去。等我醒转来，发现匪徒并没有把我们带到司令部，而是放我们回家了。我还了解到，我的阿姨受了伤，我的一个姐姐在街上被杀死了。

1920 年，掌握过政权的有邓尼金、马赫诺、彼得留拉、尤登尼奇和野蛮师的科尔尼洛夫将军。[②] 在他们之中任何一个人的统治下，都得因为有一个共产党员的兄弟而担心死亡。我们家有个死对头，他向白匪告发了我们家。

1920 年，当时是邓尼金在伊丽莎白格勒。白卫军来到我们家，要求说出哥哥在哪里。他们没有认出我，他们把我拖到反间谍部门，指望被吓坏的我（年龄尚小）说出哥哥在哪里。他们从我这里什么都没得到，我一直在说："我不知道。"看出我什么都不会说，他们打了我一

① 格里戈里耶夫（1894—1919），乌克兰反革命首领之一，曾在帝俄军队任上尉，1919 年被任命为乌克兰苏维埃师师长，后发动了反苏维埃政权的叛乱。叛乱被粉碎后投靠马赫诺匪帮，被他们所杀。

② 上述这些人都是俄国 1918—1921 年国内战争时期的反革命武装首领。——译者注

顿，把我放了。然后还是这些邓尼金分子在我的记忆中留下了不可磨灭的记忆，那些记忆时至今日我一想起来仍然头皮发麻。在我们院子里住着一个裁缝。四名军官找到他，让给他们做带皮翻领、竖领和袖口的帆布斗篷。到晚上如果裁缝做好了——就发大财，如果没做好——就枪毙。

在房子里所有房客的帮助下，裁缝只做好了两条斗篷，而不是四条。晚上军官们来了，得知斗篷没有都做好，就把裁缝拖到院子里，把他推到墙边，将他打成了碎片。我看到了整件事，跳将起来，跑到自己的房间，抓起放在炉灶里的手榴弹，来到院子里，手榴弹就藏在背后。军官们正在院子的角落里商量什么。我朝他们走了两步，从手榴弹上扯下拉环，把它对准军官们扔了过去。烟雾消散后，地上只剩下他们的尸块，我则因为震荡和激动在床上躺了两个月。康复后，我收到了红军司令部的礼物——一把真的勃朗宁。

1921 年比较平静，但还是有噩梦般的饥饿折磨着我和全家。诚然，我们不必吃树皮，因为哥哥领到一份极小的指挥员口粮，但仍然分出四分之三，有时是全部给家里。七口之家靠这份口粮只能忍饥挨饿。1922 年对我们来说比较容易。父亲有活儿干了，参加工作的姐姐们有了口粮，勉勉强强可以糊口了。我哥哥在基辅。到了 1922 年夏天，新的不幸犹如沉重的石头落到我们家。父亲患上斑疹伤寒，病了一个月后死了。

哥哥得知不幸，来到伊丽莎白格勒，带我们去了基辅。深秋，还是 1922 年，一个姐姐患上伤寒，死于并发症——肺炎。妈妈受不了这样的打击，死于瘫痪。我和一个姐姐跟已婚的哥哥住在一起。没有钱财，我开始找工作。哥哥不允许我有这样的想法，要我做的只是学习再学习。

1924年，我在马戏团里看到了骑手，记起我曾经能够完美地跳跃，我立马从座位上跳将起来，飞奔着去找马戏团团长，请求他收我进马戏团当骑手。他同意了，但得知我没有服装、没有马，他提议我免费工作一个月，条件是由他本人给我提供服装，马就用马戏团马厩里的。别无选择，我同意了这个条件。在马戏团，我从1924年工作到1928年。繁重、紧张的工作使我的体力受损，我从马戏团离开时心脏扩张，急性贫血。

1928年，我去玻璃厂工作。工作不熟练，收入很少。在一家金属加工厂学习了三个月之后，我获得了五级铣工资格。

我一直工作到今天。这个工作很有趣、有活力、使人入迷，必须跟机床、电机、轴承、皮带打交道。但是我工作起来很机械。我不知道该怎么解释。我不过是在机床上放一个毛坯，让机器自动运行，我仿佛被某种麻木不仁和迟钝控制着。我好像厌倦一切，而我周围所有人好像都是些什么机械木偶、发条玩偶似的。

不在厂里的时候，我的生活越来越糟糕，它开始让我愈加厌气。回到家——没人可以说上一句话，姐姐上午在学院学习，晚上工作，哥哥不在一起住。蛮远的。我的女朋友很少。有一堆熟人，但跟他们在一起没什么意思。说到底我没有可以推心置腹的挚友。而要忍受这一切——非常非常难。孤零零的，无人理会，没有能够与之交流的活生生的人的心灵，这个心灵会对我的沉重感有求必应。顶好死掉。我时常会想到死亡。我经常拉开书桌的抽屉，取出为了“英雄事迹”赠给我的勃朗宁，看一眼它那冷冷发光的枪管。死亡的想法经常光顾我，不过有种难以形容的力量迫使我放弃这个想法。

左琴科同志！我现在只问您一个问题，我迫切期待着您的回答。告诉我（如果您知道），为什么现在，1931 年，苏维埃国家强大了，所有的人都活着，都活蹦乱跳的，大家都渴望生活，专心致志于有意义的工作、突击运动、社会主义竞赛、建设速度——我却不能，我的身体感觉不到国家生活的这个脉搏。我觉得，一切都停息了，唯有遥远的回声才有脉动。

左琴科同志，您都想象不到，我对一切都厌倦得要死。我回到家坐下来写自己“坦白的想法”，而过后读到它们时，我开始恶心，因为我每天写的都是老一套。

但是我又写不了别的。我只有一个主题：“一切我都厌倦得要死”，“结束生命是最好的事情”。可我横竖都没法用左轮手枪的枪管顶住我的太阳穴。我一这样做，心里对生活的渴望就会醒转，而我刚一放下我拿着武器的手，这个渴望旋即消失了。

您会说：“没有意志力。”您是对的，无限正确。我曾经有意志力的。有过的。我不知道我把它丢在哪里了。这种力量有可能被我所有的经历给毁灭殆尽了。

左琴科同志！我对您有一个请求。一个大大的请求。请您回答我。我该怎么办？我怎么从这个想象中的沼泽中走出来？我在那里面快憋死了。毕竟，沼泽比燃烧更糟糕。

我无力自拔。请帮帮我。拜托。

迫切等待回音。

我给这个女人写了一封详细的信，我写道，她的状况是病态的，并没有其他理由，也没有基础（特别是在二十三岁的年纪），让她感到生活无聊并有厌倦感。

我建议她在疗养所或疗养院住上至少一个月。接下来，疗养后，我建议尽可能改变她的生活状态，亦即她封闭的和孤独的生活，对社会没有兴趣，毫无疑问，即便她恢复了，那样也会使她重新颓废。

大约五个月后，我又收到了这个女人的来信。这封信快乐多了，甚至有点儿热情洋溢。她写道，不久前她刚刚休假回来，并且到现在才明白自己颓废想法的实质——它们果真是由于过度劳累和神经性疾病所致。而且医生们确诊了她的病，在疗养证明上写着：神经衰弱症。

所以关于这种疾病，更确切地说——关于这种疾病的治愈，作者还想说上几句。也许，我会搞错这里面某些微妙的地方和名称，但总体情况将会是正确的。

神经衰弱的基本原因是过度疲劳，更确切地说是大脑的过度刺激。这种过度刺激的诱因可能很多且各式各样。不过所有原因都具有同一性质。它们制造出那种心理矛盾、那种精神冲突，为此大脑似乎找不到安静，不断地思考同一件事情。

换句话说，不停地思考的同一件事情，多半是最揪心的事情，这样人就极易患上神经衰弱症。因为，不停地思考，大脑得不到休息，过度疲劳，开始错误地运转，造成内脏器官的错误运转和机体的自我中毒。

一个人会患上神经衰弱症，既可以为一些大事思虑，也可以因为鸡毛蒜皮的、不起眼的，甚至换一个角度根本不值一提的小事。

一个人可能过度刺激他的大脑，思考并不停地担心，喏，可能担心他个人的命运或亲人的命运，或者，甚至于也可能纠结于他不满意的房间。

这里有个病例，其致病的原因似乎不至于患上神经衰弱症。

一个恋爱中的男人，不停地想念着心爱的女人，往往会患上神经衰弱症——消瘦，没有食欲，变得烦躁，甚至开始思考死亡。这样的病例我们在文学作品中，有时在生活中找得到许多。似乎这样的快乐状态，譬如坠入爱河（有时甚至相互之间的），不应该使人致病。

然而，这种疾病却经常发生，其原因恰恰在于绵绵情思，对心爱之人的无尽回忆。而况这些记忆和思念使大脑摆脱不了持续不断的工作，这就意味着不给大脑提供休息的机会。所以，神经衰弱首先是疲劳，确切地说，过度刺激大脑，致使大脑错误运转，方才有了这一错误运转的后果。

故而我再三说，其实摆脱神经衰弱就在于让大脑休息。但是，这件事做起来并不总是那么容易，有时候还超级困难。

在相对健康、心理相对正常的情况下，这个疾病自我痊愈的条件取决于持续休息的时间是多还是少，以及处境的变化。在这种情况下，完全不需要分析和弄明白你的疾病，这样做有时甚至是有害的。

在复杂的心理、不怎么健康的和不太正常的状况下，这个疾病的痊愈不会自己到来。这仅仅是因为病人不会让自己休息。而他不能让自己休息，他就不能也不会摆脱揪心的思绪和记忆。病人可能会躺上几个小时，可能会执行最严格的作息制度，可是思绪和记忆令大脑摆脱不了持续不断的运转并且一直焦虑。更何况这些思绪往往因为其病状被过度高估，以至于摆脱起来愈加困难。

那么如何摆脱这些记忆呢？怎么办才能让记忆停止扰乱一个人？这是可以做到的。

这些思绪和记忆不能用物理手段去除。能够去除它们的唯一方法——对它们另行评估。

马可·奥勒留[①]曾经说过一句非比寻常的名言：

“改变自己对那些让你不安的事物的看法，它们对你就会彻底安全了。”

这是什么意思？这意味着任何事物、任何情况，我们都可以根据自己的观察进行评估，并且对于每个事物而言并没有什么绝对的评价。

故而做出这样一个全新的、简便的判断不是通过自我暗示的方式，它首先是靠逻辑推理做出的。病人对自己说：“这个想法让我困扰，不过我生病了。我现在判断这种情况不可能像我通常所做的那样。我会低估或者一时间根本不把它当回事。”

而如果这么做是真心实意的，也就是说，如果一个人是真的感受到，而不仅仅只是表面上想想，那么摆脱揪心的思绪就极其简单。从揪心的记忆中解脱出来之后，病人因此给自己提供休息，休息过后，就使得因错误运转而衰颓的整个机体恢复正常。

我画出的这幅摆脱神经衰弱的图景，可以说，是一般性的、粗线条的，并未涉及这种疾病的一些细节和一些并发症。不健康的心理是如此的变化多端，医生可能每次都得根据病人的个人特点而行事。

但总的来说，患病的一般原则和治愈的一般原则，在我看来对所有病例都是行之有效的。

自然，仅仅把病治好是不够的，应该还会预防它们。而如果在这种情况下治疗在于会休息，那么这种疾病的预防也正在于正确的与合理的休息。

---

① 马可·奥勒留（121 年—180 年），自 161 年起成为罗马安东尼王朝皇帝。依靠元老阶层支持。晚期斯多葛派代表，哲学著作有《自省录》。——译者注

为自己制造正确无误的休息是一门了不起的艺术。

列宁有句名言："谁不懂得休息，谁就不会工作。"

对于一个健康的人来说，会休息就是正确地、合理地放下工作。换言之，为了休息有必要做出与工作条件下不同的反应。在此意义上，我觉得，我们犯下了严重的错误。

幸运的是，现在这种情况正在发生变化，但一两年前，这些错误触目可及。造成的情形就是，无一例外所有的剧院、杂志、电影甚至马戏团——全都众口一词，大家谈的全是那两三个革命主题。这种目的性的明确，毋庸置疑是正确的，但在实践中却导致了些许偏差。出现了一些迎合之作，说起来，它们是攻击一点，不及其余，不提供合理的娱乐。而这样，其实质就是不让人休息。

注释X

（见第十五章）

在这里，正如我们所见，机体运转似乎是盲目的。也就是说，随机发送不良性能，譬如打嗝，在已知的环境中，可以确定机体为合规的和正常的。由于惯性，由于产生同样行为的习惯，这种负面的，即不必要的机体运转仍在继续。它有如获得了公民的权利，然而呈现的是一幅患病图。

实际上，为什么打嗝并不重要。在这里重要的是规则。也许出现打嗝不单单是由于关键的原因或重大的疾病。它的产生可能就是由于隔膜一次纯粹意外的、不自觉的收缩。但是，接下来神经系统对所有过程的调节和管理，却"无计可施了"，如果可以这样说的话，也许因为自身的衰颓非但没有将这种无用的现象消除，反而把它当成某种正确的和必要的东西固定下来。

如果是这样，如果我们的机体对不良现象形成固有的习惯，如果偶然出现的不正常的过程甚至公然得以继续，那么即便是微小的、不起眼的、深藏不露的差错出现在我们这个复杂的机器里，这些反复出现的差错就会致病。在这里无须在意它们会引发什么疾病——功能性的还是机体性的。所有由于长期不正确的习惯而导致的功能性紊乱都会在这个或那个器官中造成机械性损伤。因此，整件事就在于善于管理并且能够终止不正常的错误习惯。

在这里有必要谈谈机体不同寻常的属性——习惯以及养成习惯的惯性。

人人都知道，健康状况正常时，机体具有运转非常精确的特性，几乎就像一台机器。即人经常性地不仅早上在一个固定的钟点醒来，而且甚至固定到分钟。一个人想要吃饭的那个时间，往往也是他习惯了的。肠道每天的排空也是在固定的钟点，准确到分钟。

这意味着机体倾向于像机器那样，像精密的计时器那样运转，即机体具有获得准确的习惯并且持续不断遵循它们的特性。习惯的任何改变都会随之导致机体中的变化，同时甚至会导致不习惯新指令的器官运转的紊乱。

因此在病态状况下，改变作息制度似乎总是有益的。亦即必须把机体安置在新的条件下，以期在机体中制造一个新的、更为有利的惯性。

医学界知晓这个情况。据说还嘱咐患肺结核的病人改变生活方式，亦即抛弃原有的，诱发肺部疾病的习惯和习惯性反应。

现在又出现另一种情况。机体运转良好。故而没有必要改变习惯。相反，这些习惯必须一以贯之地遵循。

大概康德也是这个意思吧。如我们所述，康德视自己的机体为精密计时器，为自己的机体设置好正确的运转。康德制造了一种惯性，有如汽车，一直这样生活，努力无论如何都不让自己偏离之前养成的习惯。

我们曾说过，柯尼斯堡的居民根据他校对手表。三十年来，康德没有偏离他的习惯。这是一个惊人的经验，以胜利而告终。但是这里面也隐藏着一个错误，就是把一个人打造成类似于只会工作的一架机器。

当然，或许这个伟大的哲学家力求在自己身上打造出一架优异的思维机器，可是即便在这里面也可以发现某种差错，它在康德晚年致使他患上精神疾病。

可以为身体制造任何习惯，但是不要忘记，心理的经常重复似乎会强化这种习惯，并将它推到极致。

贪吃之人十年前的贪吃程度总归比现在小得多。一个习惯于爱护自己健康的人，十年后大约会对此发狂。

康德在二十年后获得了疯子的所有特点。但是无论如何，康德的经验是成功的，对于所有极端的经验而言总归是正确的习惯，可以说是创造了第二本质。管理习惯并制造它们——是打理你的身体的主要问题之一。

产生于机体内的能量具有被意外的或自愿产生的习惯所消耗的属性。

一位作家给自己的传记这样开头："我写作是因为我不能不写作。每天早上我都感觉到写作的需求。"

这意味着作者养成了写作的习惯，跟随着惯性行动，不去想去哪里，怎么去。实际上则应该反其道而行之。一个人必须管理他的惯性，一个人必须指挥他的机器，此处得到的却是，机器指挥人——作家感谢命运赐予他的写作能力。

作者曾经接触过长期处于敏感状态的人。他们不是那种有充沛的能量可以消耗的强健之人，他们是些根本无法自我欣赏的瘦弱之人，他们认为大自然将他们特别挑出来，特别注明，赋予他们非凡的机会和力量从事这一可敬的职业。

作者曾经看到，被意外打断的错误惯性，是如何给这些人造成一场不折不扣的灾难的。

这里有一幅图景，所反映的正是我们在谈论的强化大脑运转的问题。

而在另一种情况下，确立习惯所消耗的能量是由机体的其他部分负担的。并且这种惯性的改变几乎总是灾难性的。

到了老年，这种惯性的变化，即使是正常的能量消耗，也往往以一场灾难而结束。一个人被解雇，假如他不会改造自己的习惯，不会立即制造新的习惯，他往往会在几天内崩溃。

所以，事情就是这样：这一切因为习惯的缘故，哪怕它是错误的、假性的和有害的（甚至是毒药），被机体当作正常的、甚至常常当作必需而接受，因此在管理自己身体时核实这个状态特别重要。核实的全部意义——就是及时停止带“减”号运转的惯性。

生命的意义不在于满足希望，而在于拥有希望。

这个习惯和惯性的产生经常超越意识的极限。

普希金说，他的写作主要在秋季。这意味着，有一次他在秋天写得颇为顺利，他在自己的心理上留下了一个信念，这后来成了他的习惯。

然而这里的问题更为复杂，我们将在本书末尾解决它，到时候还要谈到它。

所有这些问题，作者正在分析和将要分析的角度不是医学的，而是文学的。

有一位批评家，此人我非常敬重，跟他谈过我这本书的想法，他微笑着对我说：“在我们的文学里有过这样的事，医生成了作家。不过让作家成为医生，还没有过。”

这也许是的，不过这不公平。我并不希求成为一名医生，但是我认为，这个专业的一些知识对作家不仅是有用的，而且甚至是必不可少的，尤其是现在，很多东西都在重新考量。那些理想主义的理念有时在谈到人，谈到人的心理，谈到人的行为时，所具有的文学认知，往往与科学的观念相悖。

崇高的悲恸、可敬的忧郁、可爱的忧伤、迷人的沮丧、对人骄傲的蔑视、高贵的自杀和诗意的夭折，唉，科学的考虑与文学有多不同呀。

所有这一切知识对于作家而言是何等的需要，如同画家需要解剖知识。当然，画家没有解剖知识也能画画。能画的，就像洞穴居民那样——画两只眼睛的轮廓。顺便说一下，这在文献中并不鲜见。

注释XI

（见第二十一章）

这是一个超常智慧的一个例子，同时也是惊人的盲目性和不了解最重要最必需事物的一个例子……这个例子中的智慧，几乎划掉了它自己所有的成就。

这话说的是尼采（1844—1900）。

尼采写道，他自己的聪明是人类可能有的最聪明。书中的一章（好像是《人性的，太人性的》）就叫作“我为什么这么聪明”。

不过尼采是否像他自己写的那么聪明呢？

考量他的一生，我们看到的是对自己如此荒诞离奇的无知无识，如此野蛮粗暴地对待我们的身体和大脑，这让我们无论如何都不能认同尼采的智慧是“人类可能性的最高体现”。

尼采提出“超人”的理念，即那是一个具备身心健康最佳状态的人，一个有自由的观点、看法和我行我素的人。

这就愈加要求尼采对自己有所认识。

但是我们看到的只是不可思议的事情。

三十五年来他让自己在非常紧张、过度刺激的状态下过量工作，失眠、食欲不振、消化不良。他看不到应该用休息和正确的作息制度加以修正，依然故我，把痊愈所需要的一切都托付给药丸和药水。他每天都吞下一堆药品。因为消化不良他喝药水，头痛——服药粉，失眠——最残忍的措施——吃佛罗那和水合氯醛。

这些药物他每天服用。

在十一年里，他几乎没有一次睡觉不服用安眠药粉。每当这些粉末不起作用时，他就增加剂量或者取而代之其他药品，以此得到一个短暂的、五小时的人工睡眠。

传记作者列出尼采仅够用一个月的水合氯醛用量——将近五十克。①

尼采到四十岁时健康状况糟糕透顶。可是尼采没在意，并未去寻找导致他出现这种状况的原因。不但如此，他反而去找大气压力的原因，他换地方换气候寻求缓解自己的痛苦。他把特别管用的疗效寄托在这个或那个地方，但是到了地方，自然很快就会失望的。

他认为烟草和茶特别有害。他完全不碰这些东西，其实毒品与佛罗那相比太无辜了。

他三十九岁时在一封信里写道：

“可怕的、几乎持续不断的痛苦使我迫不及待想要结束。”

不过这个结束他还要等上将近二十年。他四十六岁患上精神病，五十七岁去世。十一年来他作为一个精神病人生活着。

或许尼采原本就有患这种精神疾病倾向呢？大概在年轻的时候，他的心理和身体健康就不完全正常？

不，一切明显都是他自己亲手造成的，哪怕有一点心理不正常的

---

① 水合氯醛：用于催眠的成人常用量：口服或灌肠 0.5g～1.0g，睡前一次，口服宜配制成10％的溶液或胶浆使用，灌肠宜将 10％的溶液再稀释 1～2 倍灌入。——译者注

倾向。

尼采身体的健康状况是骇人的。否则很难想象，他怎么吞得下这等数量的佛罗那。

他工作过度导致神经衰弱。所以在这件事上似乎没有什么物质的原因。

二十七岁时，他开始第一次神经不舒服——头痛和胃痉挛；三十五岁时不再在大学授课；从三十五岁到四十六岁，他靠药物和人为的手段支撑自己，而不是尽力找出自己不舒服的原因。

果戈里令人悚然的人生和痛苦与之相比大为逊色。

但是否有过争取自己健康的斗争？显然是有过的。① 在他有意识生活的最后两年，尼采似乎在尝试恢复自己的精力。他试图通过心理作用做到这一点。他似乎在游说自己其实他是健康的。当他病得最重的时候，他在自己的文章中写道，他的健康总的来说蛮好的。

倘若这事不曾有过，倘若他的生命中不曾有过任何争取健康的斗争，那么也许就可以承认这是与众不同的信仰狂、疯狂，并且对自己工作以外任何事情的无感。

是的，尼采是一个狂热之人，这个人视他自己的工作高于一切，但在我们看来，犯不上将自己推至如此境地。我们承认，紧张劳动的“生产费用”往往很高，有时甚至是无法挽回的，但是我们肯定，在这种情

① 遗憾的是，我们只能猜测。材料不足以说明这一点。几乎每次阅读传记材料，都会遭遇极大的困难。仿佛是个规矩，传记作者总是放过最重要的东西，有板有眼地这么报告：“在那以后，伟大的作家害病了，过了三天，他就没了。”可是他害的什么病，怎么没的——一般都不说明白。且总是无一例外地被迫阅读这种“货真价实”的资料：“严重的疾病摧毁了这个伟人崇高的灵魂。”“艰难和痛苦骤然扯断了这个宝贵的生命。”就连著名的历史学家斯克沃尔佐夫也这样描写伊凡雷帝：“他死于一种可怕的疾病，他的身体肿胀，内脏腐烂。”这是什么病？无人知晓。——作者原注

况下，没有必要这样不停不歇地、如此野蛮地折磨自己的身体。无论怎么令人伤心难过，这只能归咎于无知。

有一种意见认为，伟大的事物是在病态中创造的。这当然是不正确的。相反，伟大的事物显然是在完全健康和上升状态中创造出来的。只有在此之后抑郁沮丧才会接踵而至。如果你在工作中不做明白无误的休息，那就会出现我们在伟人中间经常遇见的患上慢性病的状态。这使我们以为伟大的事物是在某种病态中创造来的。截然相反的是，这种病态非但不像人们有时所思考的那样，提高了事物的质量，毫无疑问，它是降低事物质量的。

文学史知道最伟大的作品是在完全健康的状态中创造的。有时这些作品并不是在所谓的“创作的痛苦”中造就的，而是相反，它们的创造非常轻松，甚至于好像是在开玩笑。薄伽丘的《十日谈》就是一个例子。所以说，尼采需要为自己制造一个特殊的病态是错误的。

我从不以生命的长度评价一个人的质量。另类的短命比长命百岁更有价值。不过我认为，如果把美好的短暂生命延长，其质量并不会恶化。

尼采不可能做到这一点，所以在精神错乱中过了十一年。

注释Ⅻ

（见第二十四章）

关于所谓的机体运转速度，我们已经谈得足够多了。机体运转可以低速，也可以提高速度。这种运转上的变化往往取决于神经的刺激。一个萎靡不振、贫血的大脑会导致身体的全部经营运转呆滞。

偶然的神经刺激、激动或兴奋有时会让身体退出习惯了的慢速运转。下面就是一个速度变化的例子。

事实证明，身体的运转最依赖大脑，这个或那个运转速度对大脑的依赖有可能是如下情形。据悉，睡眠最深的时候通常是在凌晨时分，大约从三点钟到五点钟。大脑活动的记录显示，所有的神经刺激、梦境和血液涌动在这段时间内最小。

与此同时，统计数字说明，大部分死亡也正是在凌晨时分，而且一般都是安详的和非因病死亡。亦即可以认为，缺少神经刺激似乎降低了运转速度，有时在特殊的近乎病态条件下，甚至也会停止身体的运转。

我曾经在医院里看到给一位垂死的老妇人半杯香槟，就为了把她的生命支撑上几分钟，好与家人告别。

往一个毫无生气的、动弹不了的、几乎已经死了的身体里倒香槟。（众所周知，酒精的作用首先是在大脑。）

几乎就在一瞬间，出现了一个如此令人难以置信的变化，若非看见，根本难以想象。

灰色的、僵死的脸变得明亮起来，泛起一丝红晕。眼睛睁开了。双手做了一个平稳的手势。老妇人坐在床上，仿佛继续刚刚被丢开的谈话，声音清晰、口齿清楚地说："可是，真的，萨沙在哪里，他怎么不来呢?"

她的亲戚差点被这场景吓坏了，勉强挪动双腿，靠近老妇人。

她热烈地和他说了几分钟，然后，用手抓着心口，仰面倒在枕头上死了。

加快速度对她的状况而言是致命的。

顺便说一句，这个增加的速度能够解释一系列看似非同寻常的现象。

至少是上面这种现象。

在一本聪明而精彩的书中，讲述了人的"神秘"本能——对灾难的喜感。它讲述了我们无法理解的神秘现象。

事实上，某些难以置信的、乍看起来难以理解的东西，譬如看到某种破坏、惨祸、天灾时，人本能地会幸灾乐祸。（当然，高兴通常是在他本人没有危险的时候）。

这种喜感究竟从何而来，源自多深的心底，以至狂喜?

在洪水、惨祸、火灾等不合适的时候——太过频繁地看到快活的面孔、闪闪发光的眼睛、笑声和笑容。

对此我很长时间无法找到解释。我所尝试解决它的方法颇为复杂。

在我看来，这是一种古老的本能，这个人的喜感是从天灾中得救的喜悦，是在心灵深处留下的高兴。

但是，这个解答当然不大聪明，而且我应该说是理想主义的。

这种喜感无疑是由生理原因引起的。我们知道，大量的氧气使动物极其活跃，甚至也许是高兴——跳跃、做剧烈运动。

毁灭或灾难的不寻常图景，大大增强神经刺激，大大提高大脑和所有器官的运转，连带加快全身的运转，从而致使人极度活跃乃至高兴。不过这个高兴并非可视的。这个高兴源自新陈代谢的提高，源自富氧状态，源自所有人不习惯的非凡速度。

当然，这种对灾难的喜感或许并非人人固有。太差的神经或者太好的神经，可能对类似的反应一无所知。

在这里，预见到一些反对意见，我们必须预先说明。

我们一直强调大脑在生命的整个经营中的非凡角色。

我们不希望有谁得出错误的结论。

我完全没有高估大脑的作用。这里需要解释。

下面是我曾经与一位著名的评论家，现在已经故去的波隆斯基[①]的谈话。

我住在加格拉，波隆斯基当时所在的城市。那是大约在他去世前的几个月。

我经常和他一起在滨河街行走，一边散步一边谈话。有一次我跟他说起这本书的想法。他对这个想法非常感兴趣，思考得很多，每天跟我见面时刨根问底地打听细节。不过他对一个立论不能同意。他说我显然过于夸大了大脑的重要性。事情或许不是这样的。存在着成批的最简单物种，它们完全没有大脑。然而它们的生命不会受任何偶然性偏差的控

① 波隆斯基（1886—1932），苏联评论家、历史学家。撰有关于巴枯宁的书籍和文学理论、历史文集。——译者注

制。这里面的整个本质，显然，是在那些制造秘密的化学元素身上。

波隆斯基当然基本正确。我也觉得，在我们身体的生活中占主导地位的角色，是那些由分泌的腺体进行的内在的化学过程。但是在这里不应该忘记与这些腺体的活动密切相关的（而且是相互的）大脑的作用。大脑在推动这项工作，犹如一个调节器。

波隆斯基举了一个例子。眼下正在进行很有趣的实验——把动物的大脑挖出来，它仍然活着，继续活了好几个月。没有了大脑的蝴蝶甚至还在飞。

这些例子我曾经听说过。它们恰恰极好地证明了我的想法。

实际上，这些动物没有大脑怎么活？原来，被挖掉半个大脑的家鼠既不需要吃东西，也没有任何其他需求。

必须人为地给它喂食，否则它过几天就会死亡。并且蝴蝶的飞行被剥夺了一切意义——它这么做是机械的。

我没有高估大脑。没有大脑的参与，经营的确可以继续，但是运转得如何呢?

大脑就像经营的调节器。有了健康的大脑，有了它正确的、正常的运转，大脑或许对整个机体的健康状况并没有决定性意义。只不过大脑的错误运转会立即导致整个机体的紊乱。如果这个管理者胡诌八扯而不被纠正，就会发生数不清的不幸，直到一切以灾难告终。

注释ⅩⅢ
（见第二十四章）

最近，国家出版社出版了英国科学家和天文学家，剑桥大学詹姆斯·金斯教授（1877—1946）的一本非常有趣的书。这本书叫作《我们的宇宙》。这本书在很多方面都很出色。这是用优秀的、简单的，甚至雅致的语言所撰写的罕见的严肃书籍之一。这本书尽管非常严肃，但仍可以当成一本迷人的小说来读。当然，对于一个不大熟悉天文学的人来说，这本书还是蛮难的。

这本书是 1930 年写成的，所以它差不多包含了有关天文学状况和近年来发现的全部最新数据。

同时，金斯可能是第一次试图展示宇宙的大小，或者无论如何，想要给出一个大致的概念。他以非常巧妙的方式做到这一点。说起来他是在模型上，在一个虚构的模拟装置上展示宇宙的大小。

他是这样做的。首先，他确定模拟装置的规模。

地球每年环绕太阳画出一条长达 10 亿公里（每秒 30 公里）的路径。

想象一下，整个路径的形式是一个直径 2 毫米的针头。太阳会收缩成 0.01 毫米的小小斑点。地球将是如此之小以至于在显微镜下都看不到的一粒尘埃。

这就是这个模拟装置的微观尺度。

那会怎样呢？那就是，即使在这样一个微乎其微的尺度下，距离地球最近的星星，即所谓的最近的半人马星座[①]，在这个模拟装置中将被安放在200米距离开外。

这颗恒星与地球的距离在宇宙中等于400亿公里。这个天文数字对我们的想象力几乎等于什么都没说。在这里需要的是翻译成更为视觉的语言。一列快速列车若要抵达这个最近的恒星需要0.78亿年，炮弹要飞200万年。假设一个灾难，比如说这个最近的恒星的死亡，我们看到要过四年，听到则要等到400万年之后。

所以，最近的半人马星座的恒星被安放在模拟装置中距离地球200米的地方。但这还只是最近的星体。为了在模拟装置中放得下哪怕100个最接近太阳的星体，模拟装置就得有一个半公里的高度和相同的长度。

而这还只是100颗星星。

用肉眼我们能看到大约6000颗星星。在最好的现代望远镜里，我们可以看到大约1亿颗星星。

假如将这些星星全都放进模拟装置中，模拟装置就得扩展到600万公里。如果还记得到月球的距离只有不到50万公里（38.4万公里）的话，想象一下这个模拟装置的大小吧。

但是我们放入模拟装置的星星数量，在我们望远镜里看到的这1亿颗星星里面微不足道。

即便这个模拟装置令人绝望，我们终究获得了对宇宙不可估量的空

① 最近的半人马星座是南半球明亮的星星——阿尔法半人马星座的卫星。——作者原注

间的认识。

这样的展示法还是非常引人入胜和新颖的。

金斯报道了天文学领域的最新发现。

1930 年 3 月，发现了太阳系一颗新的、第九颗行星，名叫冥王星。

这颗行星的尺寸比地球略微小一些，在海王星的轨道之外。也就是说，它是距太阳最远的星球。

有意思的是，这个星球是在十五年前通过复杂的数学计算发现的。科学家根据海王星一些不正常的运动猜测，还存在着一个新的星球。通过计算确定了它的位置。果真，经过亚利桑那州天文台的长期搜索，成功地发现了它。

与这个星球的极限距离使其难以观察。故而我们没能够像了解其他星球那样，监测它的昼夜运动与更多的细节。

无论如何，冥王星的居民，假如他们存在的话，所获得的太阳的光和热与地球居民在夜间得到的比为 1∶1600。太阳对它来说仿佛是一个不大的小星星。冥王星表面的温度，显然是极低的，大约是－230℃。

顺便说一下，书中关于行星表面温度的介绍非常有趣（这种热度是由特殊的、专业的超灵敏仪器测量的。）。

根据最新的测量结果，木星的表面温度约为－150℃，土星为－150℃，天王星为－170℃。

因此，在这些行星的表面，既不可能有河流，也不可能有海洋。显然没有任何有机生命存在。

比较靠近太阳的行星的温度更接近于地球。

在火星上的赤道，中午的温度达到＋10℃，不过到了晚上，气温下降到－70℃左右。

火星上存在有机生物仍然是可能的。但是显然没有。大气非常稀薄。气压计的压力只有 60 毫米（地球上是 760 毫米）。显然，几乎没有水。

金星的温度高于地球温度。然而，金星的一天等于地球的几个星期[①]。所以昼夜温差非常之大。假设其夜间温度降到零度以下，而白天比地球的温度高 60℃。

这个星球对生命而言大概太热了。十亿年后，金星方才可能变成现在的地球。而那时地球的状态显然将和现在的火星一样。

我不久前在一本幻想的书中读到怀疑的说法，怀疑火星比地球更古老，那里的生命显然更发达，不过火星人总归无法飞抵我们。但是，这明显是描述的方式不同。当火星的条件曾经与地球这样的相似时，可以想象地球可能是更为炎热的行星，它上面显然很难诞生生命（这个比例跟地球与金星差不多）。在金星上面发现有大量蒸气。整个表面可能被水覆盖，生命显然诞生不了。而况我们也很难去造访金星，犹如火星人造访地球。有趣的是，迄今为止，除了我们在地球上已知和已有的东西，关于宇宙物质（光谱分析）的所有研究尚未发现任何新的元素，这亦证明宇宙构成的同一性。这使我们有权推测，生命诞生的原则无处不同。然而生物学家迄今不能确定，生命是怎么出现的。[②] 这亦是科学将要解决的最令人着迷的任务之一。我对将要到来的消息感到恐惧："科学家 X 成功地用化学的方法创造了一个生物……"

---

① 一昼夜持续大约一个半月。这是由于金星围绕它的轴运动非常缓慢造成的。而况金星的昼夜运动尚未最终确立。做到这一点非常困难，因为金星一直被云和蒸汽笼罩，几乎不可能为定位找到某个不动的支点。——作者原注

② 荷马说过这样一句话："世界来自海洋。"现代科学业已确定，血浆（血液）的成分就是海水的成分。——作者原注

最接近太阳的行星水星彻底打破行星的运动一致原则。水星围绕自己的轴旋转的方式既不同于地球，也不同于所有的行星。水星只有一面朝向太阳。他好像是在自转。正因为如此，朝着太阳的那个半球温度达到＋350℃，另外的半球陷入永夜，那里的寒冷达到宇宙寒冷－240℃。这个半球液体沸腾，那个半球布满寒霜。而生命，在这样的条件下理所当然是不可能存在的。

基于精确的数学计算的天文学被认为是最精确的科学之一。但是，在这个科学中有太多的推测。在我们看来，这仍然是最神奇的和迷人的科学之一。它的证据大部分是相对的。这门科学的物质材料触不可及。物质材料位于这样的距离，在这样的空间里，大多数的证据终究是相对的。

除了天文学之外，还有什么科学正在破解如此遥远的未来之谜呢！天文学竭力猜测数百万和数十亿年之后会发生什么。这个猜测建立在数学之上。可是这里面的疑问何其多呀。

任何一本天文学方面的书籍总是以地球未来的生命与这个行星的毁灭这种神话般的推测结束（无一例外）。

在金斯的书中，最后一章也是关于地球未来的生命和未来的毁灭。这是关于毁灭的几行文字：“……由于太阳失去其质量，地球正以每百年大约一米的速度离开它。十亿年以后地球从太阳得到的光和热是现在的 10％，获得的辐射少于 20％，其平均气温比现在大约低 15℃。不过十亿年后太阳辐射出来的热和光也没有我们今天这么多……根据其他星球判断，太阳的能量减少大约 20％，这将导致地球的温度再下降 15℃。因此十亿年以后，这一切会致使地球的温度下降大约 30℃。在这样的温度下，因为人对周围环境很大的适应能力，地球上的生命仍然能够继续。”

然而，这是关于地球可能毁灭的十个假设之一。此外，金斯还给出了一系列假设。原来，在地球冷却之前可能出现众多惊喜，有了这些惊喜，所有的数学计算，所有严格的核算和数字都飞到无穷大。这就是理论的整个不稳定性和这门科学所拥有的神奇本质，确切地说是这一物质的神奇本质。

那就是：

1. 太阳可能偶然撞到另一颗恒星。届时将会发生一场灾难，将整个太阳系变成可燃气体。

2. 一颗小行星①可能飞到另一颗小行星上，届时整个系统的运动因此发生变化。

3. 来自太空深处的某颗星球“可能误入太阳系，引发实质性的变化”，于是地球改变轨道后，便不再充当生命的天堂。

4. 现在太阳已经接近“星球主要分支的左边缘”。假如太阳的光的力量哪怕只下降 3%，它就会离危险的“左边缘”更近。借此，热量将会明显下降，生命将从地球上消失。海洋将会变成冰，而我们的大气——变成液态空气。

还有一系列的可能性和偶然性，因为解释起来的复杂性，那些我们就不冒险提供给读者了。

以下是乐观的假设：

1. 光的力量减少 3%为时尚早，还要过 1500 亿年。

---

① 这里的小行星是位于火星轨道之外很小的行星。这些行星的直径非常微小——常常小于 100 公里。类似的小微行星大约有上千个。——作者原注

2. 星体的碰撞比较少见。

3. 人类的前景至少还有几百亿年。

思考未来的年数足够。

整本书写得最好的就是结尾。最后几行读起来极其有力和勇猛。我很愿意附上这些文字。

在遥远的将来，我们的后代，从时间的远景来看，会将我们的世纪视为世界历史上一个雾蒙蒙的早晨。我们的同时代人在他们看来，将会是穿越无知、错误和偏见的密林的英雄人物。

他们为自己开辟了一条道路，通往真理，通往能够征服自然力，通往建立一个世界，配得上让人类在这里生活。我们仍然被黎明前的重重浓雾笼罩着，所以方才能够，哪怕是模糊不清地，想象这个世界在白日高光之下是什么样子。

这个闪亮的结尾使我们与那些建立地球毁灭论的摇摇晃晃的假设和解了。这些假设的某种神话性让我们测试出自己的力量和幻想。

……气候在变化。气温每个世纪都在下降。海洋和湖泊的规模正在缩小。大洋变成了大海。越来越稀少的云层覆盖着天空。降水减少。地球的广袤空间变成无水荒漠。人们为水而战，在极地开凿运河，运河里流淌着珍贵的水——国家的财富。一切技术都投入到针对缺水的斗争中。稀薄的空气越来越大地改变生活。人们的身材变得更小。矮生动物在人造草地上放牧。科学家们已经开了好几个月的会，争论飞往金星的可能性。一年降一次雨。技术跟不上人口的需求……

我们这些神话般的假设可以在更坚实的基础上得到论证。

有水的空间确实在下降。正在扩大的沙漠，是地球的第一批死角。众所周知，例如，现在的戈壁沙漠[①]一百万年前曾经是一个鲜花盛开的国家。地质学家推断，人类的进化就是在那里完成的。正是这个地方（中亚）没有被冰覆盖。

这个沙漠里十年前曾经发现石器时代人的村落。在那里发现了怪物巨大的骨头。关于它的体量可以根据其颅骨的长度判断出来——它的颅骨长约两米。

因此，沙漠有可能是最早的衰变迹象。如果是这样的，那么我们幻想般的假设就没错。

然而相对于未来的毁灭，我们对未来的生活更感兴趣。

有鉴于此，我们要为将幻想稍事夸张而道歉。

当代读者对知识的好奇与酷爱允许我们这么做。

更何况还有对天文学以及对地球的好奇与酷爱。

一位列宁格勒的天文学家给我讲过一个有趣的故事。还是在战前，普尔科沃天文台向英国订购了一台镜头直径 32 英寸的新天文望远镜。

制作这种镜片的难度极高。全世界仅有四五家工厂能够生产折射望远镜。战争耽误了生产。战争过后厂家曾经数次打磨镜片，但每次都不成功。

最终，厂家于两年前把我们回绝了。于是决定凭借自己的力量制作镜头。伊久姆工厂被举荐担当此任。

厂方代表们来到普尔科沃，仔细看过天文望远镜说，制作这种镜头

---

① 1. 中央亚细亚北部和东北部沙漠和半沙漠地区的名称。2. 蒙古南部和东南部，以及中国毗连地区的沙漠和半沙漠带的名称。——译者注

他们完全胜任。

普尔科沃压根儿不相信，对此深表怀疑。

然而几个月之后，镜片成形。结果棒极了。现在这个镜片还在打磨中，也许很快天文学家们就可以用它来观察遥远的世界。它将是为天文学制作的第一个苏联镜片。

注释XIV
（见第二十六章）

有一次，我从一位医生那里听到一个极其有趣的故事。

那是在五年前。我当时在治疗神经衰弱症，寻访了许多医生，指望能找到谁把我治好。

不过我没找到这样的医生。给我开了药，给了我药丸，吃了它们我的病怎么都不见好，反而加重了。

于是我决定去找一个自己也有神经衰弱症的医生。我觉得，这样的医生无疑能用自己对这个疾病的经验和实践知识帮到我。

这样的医生我找到一大堆。

一位相当有名的列宁格勒神经衰弱症专家跟我聊了很长时间后说：

“您要知道，我大概从记事起就得了神经衰弱症。老实说，我从来都没能真正治好过，但是我将这个病控制到它几乎打扰不到我的程度。我已经适应了这个病……治愈它当然有可能，除非它已经深入到心里。那样的话，要想健康，就得干脆重新出生过。”

我失魂落魄地离开了那位医生。

于是我决定找一位自己治好神经衰弱症的医生。

果然有一天，我偶然地遇上这样一位医生。

那是在南方。在克里米亚。我纯粹是按诊牌找到他的。

在一个挂着厚窗帘的晦暗房间里，坐着一个四十来岁的人。令我吃惊的是他的脸出奇地容光焕发且安然淡定。他的眼睛熠熠闪光、朝气蓬勃。他彬彬有礼地示意我坐到椅子上。

“您得过神经衰弱症吗？”我问医生。

“要是没得过呢？”

“那抱歉打扰您了，我就走了。”

“如果得过呢？”

“那就请您给我讲讲，您是怎么治好的。”

医生微笑地看着我。我们的谈话——患者与医生的——颇有点不同寻常。

“是的，”医生说道，“我曾经得过几年的神经衰弱症，不过我的治愈未必对您有所开导。我不妨就单纯地给您讲讲我的病吧。就让咱们一起努力分析分析您的病，试着找出它的根源。”

我不同意。我说，我的病我全知道，但对治愈的方法却一无所知。我说，我有时会好转，病也没了，但一般来说我的神经衰弱症并没有治好。

“是的，这很困难，”医生说，“更何况这种病治愈的不多。必须忘掉它的存在或曾经存在过。如果你忘不掉，它免不了要反复。至少第一次必须把它从心理意识中删除。在记忆中就连这种疾病的痕迹也一定不能留下。做不到这一点，就永远不会彻底与这个病分手。”

过了几分钟，医生告诉我他治好此病的经历。

他患神经衰弱症时二十三岁，刚刚从军医学院毕业。繁重的学业、错综复杂的个人事务，对女人不成功的爱，将这个年轻人变成了不折不扣的残废。一年来他的紊乱达到极限，他每天只睡三四个小时，轻了十公斤。生活整个变成对他绵绵不绝的折磨，抑郁和愁苦跟着他寸步不离。

富有的双亲送他去瑞士接受治疗（一战前两年）。将近一年他在疗养院度过，可是他完全没有康复。过去的记忆每每导致疾病反复，尽管确实再没达到过去的那个程度。

年轻的医生每天去爬山。还根据为他治疗的医生的建议，在山上行走几个小时，长达几十公里。

好几次翻越雪峰时他感冒了，冻坏了脚。他对此并不在意，继续每日的游览。终于他病倒了。疾病始于静脉阻塞，双腿肿胀，不好使了。一位著名的德国医生在他身上发现了一种罕见的早期硬化症。还有一种疾病，名字我忘记了。

死亡的威胁，截肢或者双腿完全瘫痪。治疗没有丝毫效果。几个月后，拒绝手术的年轻医生完全失去了双腿——他瘫痪了。震惊、灾祸的恐惧、生活的改变，这一切极大地改变了病人的心理方向，以至于坐了两个月轮椅后，他在自己身上没有发现任何神经衰弱的迹象。

一切烦躁、忧伤、愁苦和忧郁全都消失了，再也没有回到他身上。即使当初回来过，那也不是神经衰弱造成的。这是悲惨的变故造成的。但是他习惯了自己的残疾。现在已然十五年了，他又怎么会不知道，什么叫心情不好？他大量工作、写书，对医学非常有兴趣——他没有时间去想自己很不幸，反倒是觉得自己很幸福。他觉得，他从来没有像现在这样，这么有活力和生命的喜悦。

医生一边说着话，一边指着他用毯子盖住的双腿。它们一动不动，死的。

这时我才看到医生是坐在轮椅上的。他把轮椅从桌子旁推开，说道：

“不，我没觉得自己不幸。至少没有我在瑞士的山上转悠时那么不幸。回忆那些失去的岁月对我而言太可怕了。”

我离开医生时非常激动，简直被震撼了。

多么不寻常的、残忍的嘲弄——没有不幸，却感觉自己有病和倒霉；分明是健康和快乐的，却已然失去了这么多。

在这个惊人的故事之后，我开始比较能理解这种疾病的性质了。必须把它治好，然后必须把它遗忘。而忘记它只能靠这种感觉，即不去想它。

毕竟，医生所经历过的那种感觉，对于恢复的健康来说太过昂贵了。

注释XV

（见第二十六章）

我们在上面提到过，对自己身体基本方面的管理，无疑在于能够养成正确的习惯并且坚定不移地遵循。

一个人的个人命运和身心健康都系于这些后天获得的习惯。

然而，习惯的形成和出现常常不在理性的范围内。这些习惯的形成往往在意识的门槛之外。在这个意义上，无意识的压力非常之大。我们说过，普希金在秋天写作很轻松，在一年中的这个时间段硕果累累。他本人不止一次说过秋天是他的创造季。

但是，这种习惯的出现无疑出自偶然性。很显然，一次秋季的成功写作并且重复这一成功，他在自己的心理上树立的正是这个信念。这样的信念他也可以在一年中的另一个时间段培育。为此只是需要另一个意外。

这个习惯的形成并没有出现在理性的范围内。

一个相信自己只能被金发女郎吸引的男人，无疑是凭借一个偶然出现的表象树立起这个信念。这一表象在心理上确立之后，形成习惯。

因此，这种习惯和倾向的形成似乎就是自我暗示。

在我们全部的生活中，在我们所有的行为中，还可能在所有的偏好中，自我暗示每次都起到的巨大作用，甚至超乎人们所能够想象的。

催眠师不仅能让一个人入睡，他还能够命令，亦即激励此人做出任何动作，能够在其身上唤起各种痛苦的感觉。而且，催眠师同样能够影响大脑，比如说，让一个人的手或腿不能伸直。也就是说，他人的意志对大脑的影响可以是无限的。

但是，假如他人的意志如此对内心生活发号施令，那么毫无疑问，自我意志和自己心理能够做主的程度就很低了。

事实上，我们有一个极好的自我暗示例子。

有一本德国杂志刊登了一系列有趣的实验，用以说明自我暗示的非凡力量。有个医生当着患者的面把铁棒烧热，说道，现在轻轻将铁棒放到患者的手上，可是他放到患者手上的不是烧热的那根铁棒，而是一根凉的。哪晓得患者被放铁棒的地方，居然出现了明显的烧伤，微微发红，甚至还有水泡。

另一位柏林的医生（施莱赫）描述，一名患者（极度歇斯底里症）将听到的通风设备的噪音当成蜜蜂的嗡嗡声。她觉得蜜蜂蜇了她，她感到下眼睑疼得厉害，那里很快就出现了一个鸡蛋大小的肿块，有发红发炎的症状。

还是这个施莱赫医生又讲了一个在他的实践中更惊人的例子。

有一天，一位客户来到诊所告诉说，他用钉子钉到了手指，现在他担心血液中毒。医生没有发现感染的迹象，打发病人走了。哪晓得两天之后，疑心自己有病的那个人居然死了。朗格尔汉斯博士做了尸检，并未发现可能致死的任何明确的解剖标志。

所以，如果自我暗示和心理的影响能够导致如此明显的，甚至令人难以置信的迹象，譬如烧伤、发炎乃至死亡，那么这个在意识门槛之外的心理，显然能够在自己身体的一切经营上做出任何举动。

任何一种疾病，任何一种性格特征可能被诱发的途径是错误的心理表象，是自我暗示，正如我们所见，自我暗示起的作用如此重大和突出。

事实上，与所谓的器质性疾病相比较，这些由心理紊乱和神经中枢的不正常运转引发的不可思议的疾病，我们碰到的数量极大。

心理和自我暗示的作用对整个机体的运转如此巨大，显然，大多数疾病都该由它负责。无论如何，要为大多数早期疾病负责，这些疾病有可能进一步造成长期的疾病，有时还会造成器质性的损害。

这类疾病造成的痛苦不亚于真正的疾病，甚至更多。

这类疾病的痊愈差不多总是伴随着偶然性和“奇迹”，这很容易解释。这是某人的意志，它导致不正常的、错误的心理运转改变方向。这可以解释一切奇迹般的治愈，巫医、巫婆和“神圣的长老”的一切“威力”。

而且这种威力往往没有任何基础，它仅仅基于病人自己对他人威力的信赖。这种信赖不客气地改变心理的错误运转（伪能量），给予其另外一个正确的方向。

萌生相信自己的力量——这就是最不可思议的，“圣水”“圣道”（站起来，走吧！）的“神奇”手段，以及各种各样的护身符和圣像治愈病人的原因。

这些神经源性疾病，由心理不正常的错误运转引起的疾病，往往发生在不健康的、心理脆弱的和神经衰弱的人身上。

依照惯例，神经衰弱会并发数十种疾病，这些疾病患者很多年都无法摆脱。谈论这些疾病不在我们这本书的计划之内，尽管如此，我们还是会说上几句。

许多器官的疾病经常是被内心的自我欺骗、自我暗示和缺乏自然逻辑造成的，这些明摆着是病态心理。

一个心理有病和脆弱的人，他患上的疾病各式各样，压根儿数不胜数。

但最常见的病状在胃、心脏和分泌器官。

患者往往常年用水、病号饭、滴剂和各种医疗手段治疗，这样有时只会削弱器官，只会加重病情。这类疾病的局部治疗总是有害的——这样姑息了脆弱的心理，证明了一个虚假的表象。这里面全部要旨在神经和大脑中枢的过度疲劳，而不在器官本身。

这些早期的虚假表象自然也会出现在健康的人身上，但是一个健康的人似乎并不在意偶然的、瞬间出现的紊乱。然后这种紊乱就过去了。如果注意、顾及它——最糟糕的是——害怕它，届时病情就会全力返回并被脆弱的心理信以为真。

逃避这些疾病可能是，其实是唯一的办法，健康的人在这种情况下具有的逃避行为，就是不应该在意它。

而且这种治疗的复杂性在于，已经出现的患病过程不应该抑制或取代，人们通常会那么做。压根儿就不应该注意它。

而且应该认真对待这些细微的分歧。举一个例子。

如果一个人心悸并且他被吓到了——心动过速就会加重。如果一个人告诉自己他不想要这个心悸，那就是压抑它，它不会消失。但是，如果他对自己说，这是无稽之谈，这是一个意外，它会过去，同时如果是充满信心地这么说，并且将注意力从它这里转移到别的什么事情上，那么心动过速真的会过去，因为可以这么说，它源自心理。

类似的情况常见于肺哮喘和胃部紊乱以及分泌失调。此类疾病往往是由脆弱心理不正常的错误运转引起的。

治愈这些疾病的复杂之处在于，病人差不多每次都以为，这一次他的病情是真的，而绝不是想象出来的，加上疾病的迹象和所有现象远非想象。想象仅仅是开始，确切地说，那不是想象，而是假想。虽然相信病是假想的总那么困难，但终究是可能的。一旦确认过一次，接下来就可以轻易地摆脱它。这类疾病就会跟它出现时一样，瞬间消失。

在这一点上，我再说一遍，一切“奇迹般的痊愈”都是人为的——治瘸腿、失明、瘫痪、失聪、“被附体”，等等。

怯懦和意志薄弱让人无法相信自己的力量，可是怯懦却倾向于相信他人的力量——这就是“长老”、巫医和“圣人”享有威力的原因。

所以，在健康问题上，自我暗示起着极其重要的作用。不可以将这种自我暗示视为是肤浅的想法，也就是说，一个人故意用这种或那种疾病，或曰倾向来暗示自己。我再次重申，这种自我暗示并非发生在理性的范围之内，这种自我暗示是在那个被称之为“潜意识”的、未经充分研究的世界里形成的。

在这个世界里，即在意识的门槛之外，再说一遍，不仅造成许多疾病和不适，而且还形成基本的倾向、习惯、性格甚至整个命运。

正如我们所说，歌德坚信，就连死亡亦往往取决于人的意志。必须这样理解它，就是说在人的潜意识心理中形成一个坚定的信念，他所渴求的信念。一旦改变了这些观念，就可能改变其倾向、追求，甚至全部性格乃至生命的长短。

在一定程度上令人奇怪的是，这个几乎关系全部或非常之多的世界，被研究得何其少。

几乎直到最近，人们在谈论无意识的时候，都将其归之于某种神秘不可测的东西。

例如，叔本华甚至称之为“我们神秘本质的产物”。

他写道：

“材料（在画家手里）的处理通常在黑暗深处进行。我们无法交代自己内心最深处想法的来源：这是我们神秘本质的产物。”

然而，这个“神秘的东西”完全不应该被当作真正的不可知与莫名其妙。毫无疑问，它首先是大脑的，确切地说是大脑某些部分的生理活动，这些部分显然尚未发展到这种程度，以便这个活动与大脑意识部分的活动相匹配。也许，这个活动属于未来。也许，人的意识生活的最初知觉就是这么开始，就是这么与无意识相仿。而且也许天才——就是那个大脑这些部分充分发达的人。

无论如何，毫无疑问，天才那些经常超越意识门槛的思想和观念，恰恰萌生于一般理性的范畴之外。

众所周知，创造力（尤其是天才）与“无意识”有着非凡的联系。

在大艺术家的自述中经常读到，无意识在他们的工作中发挥巨大的作用。

无论歌德，无论托尔斯泰，无论众多最伟大的作家、艺术家甚至科学家，他们都认为无意识是创造力的一个组成部分，他们中的一些人甚至希求用人为的手段召唤自己潜意识的活动。

这一领域的有趣经验艺术史是晓得的。下面这个悲喜交加的故事，说的是一个画家不希望通过自己的意识感知事物，决定在工作之前实施催眠。

这个画家（维尔茨，1806—1865，比利时）要创作一幅绞死罪犯的画作。为了更真实地传达绞刑犯的痛苦，画家要求在绞刑架前对自己催眠，并暗示把他绞死。他不仅想要在自己的意识层面，还要在自己的心理深处投入创造性工作。

画家被放在执行绞刑的地方催眠。被欺骗的意识以及顺从一切的潜意识在这个人心里唤起如此真切的痛苦和死亡的恐惧，致使这个被催眠的人开始与“刽子手”搏斗，之后用惨兮兮的声音乞求快点了结他。

被唤醒的画家好长时间都没有回过神来。这次体验之后，他得了严重的神经活动失常。

这幅绞死罪犯的绘画，他在康复之后出色地完成了。

当然，这件事情并不足以判断潜意识的活动。但却是画家希望将心理整个投入自己创作的一个典型范例。

顺便说一句，德国著名哲学家谢林（1775－1854）在谈到无意识（直觉）时，甚至预言科学的消失，确切地说，这是“通过直觉获得直接知识的科学的挤出效应”。

谢林的观点基于这样一个事实，即大量最伟大的科学发现的获得都是凭直觉的，甚至比发现证据要早得多。

我们的确知道有些定理，其证明直到现在仍不得而知。它们是凭借潜意识发明的。

注释XVI
（见第二十八章）

正如我们所说，我们机体的运转速度取决于每一次的目标与希求。没有目标与希求，运动似乎就停止了，或者减少到最低限度。

经常是一个人执行完这个或那个劳动或意图，就会死去或长期处于低落状态。

反之——一个人有了今后工作的计划，有了目标与希求，哪怕健康状况既衰弱又遭到破坏，常常还是会活下去。

当然，我国大多数人不必谈论“生活目的”。最高的目标——是为社会主义、为更好的生活、不受资本的压迫而奋斗——这毫无疑问造就整个身体正确的和强有力的运转。而且这里面看起来，甚至无须了解这桩事业的机制。

不过，由于身体管理不善，加之休息不当或者不休息，人有时会处于萎靡不振的状态，这时他就绝对应该明了我们机体运转的全部原则。一般来说，这个原则就是：

运动暂停，则没有希求；运动增加，则希求越清晰越强烈。

在这个人这里，这个愿望——是一个伟大而崇高的目标；在另一人那里——是追名逐利、满足虚荣心；最后，在第三个人那里，好像完全没有希求，干脆只是因为低级本性，被划分成一系列卑微的动物意图，直到满足自己的食欲和爱欲为止。

实际上，没有人没有希求。如果一个人失去了这些希求，那么他多半就会死亡。

几年前，人家给我讲过一个精彩的故事。

这个故事就是讲一个人在失去目标与希求后，如何人为地将其制造出来，以及得到什么结果。

大约三年前我在敖德萨。我乘坐电车四处转悠。

到一个停靠站时售票员报站："科瓦列夫斯基塔。"

果然，离停靠站不远，差不多在海岸上，矗立着一座巨大的砖塔，有六七层楼高。那是一座丑陋的砖楼，像一座巨大的自来水塔。

就在电车上，我听说了这座塔的故事。

原来，革命前四年，一个富人，大商人，在自己这块地上建了这座塔，没有任何明显的需要，纯粹就是为了——看海。

他是一个极其富有的人，一个在他那个时代出了名的纵酒、放荡和挥金如土之人。

不过到了四十岁，他却过腻了自己优渥的生活。他什么都尝过了。而且，好像再没有什么他没见过的东西了。

他的富有给予他丰衣足食的生活。他去国外旅行，到过埃及和美国。但一年又一年，他的希求变得越来越少。

终于，他没有了任何希求，哪怕是最基本的希求。

他什么都不想要。没有丝毫欲求。他陷入最剧烈的抑郁。

他在敖德萨附近买了房子和土地，好到这里来住在海边休息。但是没休息成。如此的餍足，就连休息都成为他的负担。

他试图做慈善，可这事儿显得枯燥乏味。

最后，有个熟人建议他造一所新房子。房子他没有盖，不过决定建造一座可以欣赏大海的高塔。

他花了差不多一年时间在这件事上。将近一年他工作、忙碌、下命令、发火、吵架。生活过得很充实。他重又感觉自己不错，感到开心。抑郁消失了，塔也终于造好了。第二天，在所有的琐事都做完之后，科瓦列夫斯基从塔顶扑了下来。他摔死了。

这个精彩的故事非常典型。它极大地揭示出运动的机制。人为地制造出一个目标并且达成了目标，这个人就自杀了。我记起托尔斯泰写给费特的信。费特在自己的庄园里造一座房子。托尔斯泰给了他一些建议。我凭记忆引用其中的一个：

"造得久一点，亲爱的费特，否则忧郁有可能再次光顾你。"

人为地为自己制造希求的还有果戈里。每每他在一个地方待久了，就会陷入忧郁之中。他必须得有点希求，好让自己的机体运转起来更有耐力。他时不时地安排旅行，说是只有在路上他方才感觉良好。他经常安排那些毫无必要的旅行。

安年科夫曾经这样写果戈里的旅行：

"这次出行属于果戈里没有什么明确目的的漫行之一，仅仅只是为了其路途对他有益。"

果戈里在他这一生中总是这样写："路——是我唯一的药……唯有在路上，我觉得自己蛮好……所有的情节我差不多都是在路上弄好的……路为我制造奇迹——其鲜活如是，我从来没有感觉到过……"

当然，道路的良好影响可以部分归结于心理作用，但同时这一追求、临时目标以及这一目标的达成每次几乎都对健康起到有益的作用。每当果戈里在工作中筋疲力尽、无法工作、感到衰弱、空虚和生存的无目的时，他就求诸道路。

破坏不是太大的时候，路对他而言就是药。

顺便说一句，谈到果戈里（参见注释Ⅱ），我们曾经说过，果戈里显然一点都不了解自己的身体，完全依赖矿泉水，他想靠它痊愈。

公平地说。在最后两年果戈里开始接近正确的道路。然而为时已晚。

如同所知，果戈里几乎没有在意过自己的身体——他不从事任何运动，甚至不喜欢运动。

但就在他去世的前两年，他搞起体育。丹尼列夫斯基写道：

“他乘一个木筏子溜达，在花园里干活，说是身体疲劳、露天的‘肉搏’劳动让他感到清爽振奋，给了他写作的力量。”

阿诺尔迪写道（说的也是果戈里最后的两年）：

“他一边洗浴，一边做各种体操练习，发现它很健康。”

然而，果戈里所有其余的自我治疗都是非常错误的和有害的。

例如（根据舍维廖夫的说法），果戈里每天早上诊疗时，都要裹着湿床单。

毫无疑问，这并未带来好结果。相反，在果戈里所处的这种神经紧张和极度神经衰弱状态下，这样的治疗简直糟糕透了。又凉又湿的床单大大增加了神经兴奋，而在当时原本是必须扑灭它。

这就造成人为兴奋的情形，使兴奋变成比原来更严重的衰颓。此外，它造成顽固的失眠和脑神经过度刺激，凉水不适合任何神经衰弱。对于果戈里来说，这几乎是致命的。

或许这样的小事，可能就是老不舒服的主要原因之一，此后，这些不舒服的结果就是果戈里的精神疾病及早逝。

所以，这就是乱来的自我治疗的害处。不过，这个建议是果戈里的外国医生提出的，也可能在当时这个建议是正确的。

还有一个自我治疗的例子：

“餐前果戈里喝了一口水，照他的说法，让胃活动。为了刺激他的食欲，他就着胡椒吃饭。”

这也是错误的。餐前喝水反而会减少胃的活动——它稀释了胃液，消化因此不如喝水前那样旺盛。

一般来说，果戈里所有的自我治疗，即使都是正确的，也可能为时已晚。损毁得太厉害了——大脑处于半麻痹状态。

果戈里的一个同时代人（米霍利斯基）这样描述他的步态：

“他古怪地移动着双腿——可以依稀觉察到有点瘫痪的味道。”

这个非常有价值的观察是在 1848 年 5 月（死前四年），当时果戈里正住在基辅的一个教育区的督学家里。这一观察再次强调了我们意见的正确性——整个问题就藏在一个极度虚弱的、半瘫痪的大脑中。

但是，我们要提醒说，这种极度虚弱是由大脑的构造变化引起的。

亦有可能，在此基础上只是一种功能的不正常制动变成了稳固的习惯。

倘若是这样，哪怕困难再大，康复仍然是可能的。

果戈里所希求的崇高目标——完成《死魂灵》——给予他力量。而当果戈里焚烧《死魂灵》时，他便摧毁了他的目标，从而摧毁了他的生命。

注释XⅦ
（见第二十九章）

在这里，我们想再谈谈把“低下的”转换为创造力的过程这个问题。

我在中篇小说第一部分发表之后收到的几封信，使得我更加明确地看待这个问题。

几位读者不晓得为什么对普希金的“波尔金诺之秋”的来源（参见注释Ⅳ）提出了争议。一位读者，因为如此实利主义的态度对待崇高的东西而难过，天真地写道：“普希金创作的出现不可能是这样子的。”

我对如此友好的反对感到有点惊讶，不过我不会放弃我的立场。

实际上，我觉得这里无须任何证明。在我看来，一切就是这么清楚。

一个人把能量给了这一个，确实就不能把同样多的能量再给另一个。这里面计算得相当清楚。这里面全部的问题就在于份额：给这个越多，留给另一个的就越少。

当然，科学并没有完全一致地解决贞洁问题与能量转换问题。这问题好像是有争议的，并且混乱的。

很多人同意，也有不少人反对。

例如，倍倍尔[①]认为，任何对正常情欲的压抑都是极其有害的。他认为应该锻炼所有器官才能健康。倍倍尔甚至认为，帕斯卡[②]和牛顿（晚年）的意识紊乱就是由于抑制情欲造成的。

反之，托尔斯泰捍卫贞洁，强烈反对“肉体之爱”。

一般来说，贞洁向来被认为是从身心方面获得的最有价值的东西。一直以来，甚至在最灰暗的古代，竞技运动员、摔跤运动员和角斗士，在准备竞技时都拒绝爱欲。巴黎大学长达六个世纪不接受已婚者，认为已婚者对科学而言就是不可救药的人。

最后，能够想到的还有，某些昆虫恰恰就是在性交后死亡的。

然而，根据英国所做的统计，天主教神职人员（独身的）在长寿方面并没有什么不同。

这里有点矛盾，须得解决。

通过比对一系列的证据和推理，我们个人觉得这样的立场是正确的。

贞洁通过转换“低下的”激情，能够达到非常的生产效率。可是，这看起来只能归因于年轻。未来，为了促使这个或那个为血液提供所需化学成分的内脏不停地活动，就不应该抑制情欲，它只能在其某些部分被转换，故而给予爱情过多的能量，无疑会降低创造力。不过我们并不想说假如压根儿没有爱情，创造力就会增长之类的话。

无论如何，性能量肯定出现过。肯定不是性能量的出现抑制和摧毁

① 倍倍尔（1840—1913），德国社会民主党和第二国际创始人之一（1869）和领导人。——译者著

② 帕斯卡（1623—1662），法国宗教哲学家、作家、数学家和物理学家。提出了投影几何学的一项基本定理。《思想录》（1669 年出版）为其代表作之一。——译者著

创造力。

第二个反对意见是我从一位医生那里得到的。

这里说的是大脑疲劳。现代科学认为，大脑本身不会疲劳，只有发生了抑制似乎才会中止或削弱大脑的运转。

然而，说到大脑疲劳，我并不刻意强调它的器质变化，我主要是指处于疲劳状态的大脑活动的改变，亦即功能性变化。

事实上，大脑功能性活动包括两个主要机制过程——抑制和刺激。

由于疲劳，显然，它们活动的平衡被打破，这些机制开始弱化。

伴随着慢性疲劳和过度刺激，出现神经衰弱，即第三种功能性过程，在抑制和刺激运转中不断出现错误的过程。

因此常常形成对抑制的，或者相反，对刺激的稳固习惯。而与这种习惯的斗争基本上就是一个与神经脆弱的斗争。

注释ⅩⅧ
（见第三十五章）

通常合上一本书的时候，我们会想想作者——他是怎样的一个人，他的生活过得如何，他在做什么想什么。

如果有一幅肖像，我们会好奇地细看脸上的特征，拼命猜测作家的天赋，性格怎样，什么样的激情能给他留下深刻印象。

现在，完成此书，我们决定给读者一些关于他自己的信息。

我于 1895 年出生在列宁格勒（彼得堡）。现年三十七岁。

我父亲是乌克兰人（波尔塔瓦省），画家。贵族。

他去世早——四十来岁。他是一个才华横溢的巡回画派画家。特列季亚科夫画廊、美术学院和革命博物馆里现在还有他的画作（父亲曾经参加社会民主党）。

我母亲是俄罗斯人。年轻的时候她是一个演员。

我在列宁格勒高中毕业。学习极差。俄语尤其糟糕——在男子《中学毕业证书考试上，我的俄语作文得了一分（五分制）（作文题目是“论屠格涅夫的女主人公”）。

俄语的这次不成功如今愈发令我奇怪，因为我当时就已经想成为一名作家，为自己写短篇小说和诗歌。

不久因为狂犬病，而不是绝望，我企图结束我自己的生命。

1913 年秋天，我进入大学法律系。那时我十八岁。

我在大学学习了一年，但对自己的专业几乎不感兴趣，最低限度地通过了一门罗马法考试。我差不多整天泡在物理研究室，听赫沃尔松[①]教授的讲座。

1914 年春天，我没钱了，去了高加索，在那里进铁路做了列车检查员（跑基斯洛沃茨克一矿水城线）。在那里还教书。

秋天，战争初期，我回到列宁格勒，不是回大学，而是听完军事速训课程，作为准尉上了前线。

正如我所记得的那样，我并没有爱国主义的心情——由于疑病症和忧郁症倾向，我简直不能待在一个地方。此外，我因为不交学费被大学开除了。

革命前，我在前线的高加索掷弹兵师。在德国前线指挥一个营时受伤，还中了瓦斯毒。

二月革命中我回到列宁格勒。在临时政府时期被任命为邮电局长和邮政总局管理主任。

1917 年 9 月，我前往阿尔汉格尔斯克出差。在那里任阿尔汉格尔斯克纠察队副官和团法庭秘书。

在英国人到来的几个星期前，我又去了列宁格勒。曾经有一段时间我想从阿尔汉格尔斯克那里去国外。我在破冰船上得到一个座位，一个爱上我的法国女人给了我一本法国大使馆的外国公民护照。

然而在最后一刻我改主意了。就在阿尔汉格尔斯克被占领前不久，

---

① 赫沃尔松（1852—1934），苏联物理学家，彼得堡科学院通讯院士（1895），苏联科学院名誉院士。——译者注

设法去了列宁格勒。

1918 年 7 月，我加入边防部队。起初在斯特列利纳服役，之后在克琅施塔得。

我作为一名志愿者从边防部队转入红军，并于 1918 年 11 月被派往作战部队，去纳尔瓦（爱沙尼亚的城市）前线。

在红军中，我是一支机枪队的指挥，然后做了团副官。

我不是共产党员，参加红军与贵族和地主作战，反对我非常熟悉的阶层。

我在前线待了半年，因为心脏病（在对德战争中瓦斯中毒后落下的生理缺陷）从军队退役。

这之后，我换了十到十二个职业，然后才好不容易得到现在这个职业。

我做过刑事侦查员（在列宁格勒）。

当过家兔养殖场和养鱼场的指导员（在斯摩棱斯克省克拉斯内市，曼科沃国营农场）。

我曾在利戈沃担任高级警官。

我研究过两种工艺——制鞋和木工。还在瓦西列夫岛上的一家制鞋作坊里干过（在二号线上，美术学院对面）。

就在那里，在作坊干活时，我第一次见到了作家。那是 N. 舍布耶夫，他曾经担任《海滩》的编辑。他来修靴子。我记得，他一面好奇地跟我聊天，一面惊叹鞋匠的知识。

当作家之前我的最后一个职业是办公室工作。我做办事员，后来在列宁格勒军港任助理会计师。

就在那里，在工作中，我写了第一批短篇小说，并出版了第一本封面上没有我名字的小册子——《蓝肚皮先生纳扎尔·伊里奇故事集》。就在那时我加入了作家团体"谢拉皮翁兄弟"。

我的第一批短篇小说被高尔基看到了。高尔基邀请我去他那里，给予中肯的批评和实实在在的帮助。他给我安排了一份院士口粮。从此我的文学命运开始了。从此我生活的多样性也消失了。

从我搞文学起，快十五年了。

我写什么和为谁而写？

这些就是批评界感兴趣的问题。

有观点认为我在写小市民。不过经常有人对我说："您的作品没搞错吧？我们这儿可没有作为单独一个阶级，单独一个阶层的小市民。这类可悲的人在我们这儿不典型。您何必去描写小市民，而落后于当代典型与生活速度呢？"

错误是没有的。我写的是小市民。是的，我们这儿是没有作为一个阶级的小市民，但我塑造的大致上是一个综合的类型。在我们每个人身上，都具有这样或者那样的特点，既有小市民的特点，也有私有者的特点，还有贪婪者的特点。我把这些性格特点，往往是模糊不清的特点混合在一个人物身上，于是这个人物就变成我们熟悉的、似曾相识的人了。

我为谁写作？

我写作，我，在任何情况下，力求为苏联的大众读者写作。

我工作的全部困难仅限于要学会这么写作，即让所有人都看得懂我的作品。为此我不得不在语言上大费周章。我的语言，为它我挨了很多骂（平白无故地），是假想的，确切地说是混成的（跟类型完全相似）。我稍微改了改，简化了句法，简化了短篇小说的结构。这使得那些对文学不感兴趣的读者理解我。我略微简化了短篇小说的形式（幼稚病?），利用了一下微型文学对形式和传统的不尊重。

正因为如此，我的工作多年来一直不被尊重。多少年来，我甚至都不在一般作家的名单上。但是我从未因此而伤心难过，从来没有为满足自己的骄傲和虚荣心而工作。

我的专业似乎仍然极其困难。它好像是我所有职业中最困难的一个。十四年来，我完成了四百八十个短篇小说（还有讽刺小品文）、几个中篇小说、两部小喜剧和一部大喜剧，还出版了我最有意思的一本书《给作家的信》（纪实性的）。

眼下，1933 年，我开始写作《青春复返》。我写了三个月，思考却用了四年。

因为我创作的变化而忧心忡忡的读者可以放心了。这本书出版之后，我会重新继续我所开始的。这本书只不过是暂时喘口气而已。

这本书我是为教育自己和人们所写的。我写它不是为了讲讲哲理。我从来不看重这种没有目的的哲学。

我只是想在我国建设社会主义的斗争中做一个有用的人。我始终惊讶于对人的极端不理解，还有对管理自己身体的那些基本规则的极端无知。在我看来，对于大量工作的人来说，所有这些知识都是亟须的。

我想用简单的语言讲述我所思考的和我所知晓的。我可能会出错——在这种情况下，我恭请科学见谅。

我的这些医学推理不是从书本上抄来的。我是用来做实验的狗。

我晓得，我简单化到了极点，这么说吧，所提供的生命、健康和死亡的示意图颇为粗浅。我怀疑，有些东西过于复杂，有些东西我的想象力（摇摆不定的思绪）压根儿理解不了。不过我写这本书并没把它当成学术研究，而是一本有趣的小说。

为了证明此书的可信，也为了提高作者的威信，我必须保证至少活到七十岁。可我恐怕做不到。我心脏有病，神经不好，心理还有点不正常。有好几年我曾在机关枪和步枪的枪林弹雨中度过。我中过瓦斯毒。我吃过燕麦。我已然忘记躺在草地上，无忧无虑看鸟儿飞翔的时光了。

不，我不求活得太久，不过我认为在三十八岁就死去是可耻的。

所以，才完成此书。

最后几页我是1933年8月9日在谢斯特罗列茨克写完的。

我坐在窗边的床上。阳光照耀着我的窗。暗云在飘荡。狗儿在吠叫。传来孩子的叫嚷声。足球腾空而起。美人儿穿着花里胡哨的长衫，频频目送秋波，走去游泳。

卡什金跟在她后面，打量着她那浑圆的肩膀。

他玩弄着一根细树枝，吹着胜利进行曲。

花园的小门吱吱作响。一个咪咪小的女孩儿，如我朋友阿廖沙所说——像把扫帚，去我儿子那里做客。

事事如意而安稳笃定，这一幕幕生生不息的场景无端地令我快乐和安慰。

我不愿意再多想。故而我的故事就此打住。

1933年8月修改

附录：

左琴科作品勘误

1. 俄文作品选集：

《蓝肚皮先生纳扎尔·伊里奇故事集》1922 年版

《四面出击》列宁格勒往事出版社 1923 年版

《幽默短篇小说集》彼得堡—莫斯科 1923 年版

《短篇小说集》彼得堡纸房子出版社 1923 年版

《贵妇人》列宁格勒—莫斯科 1924 年版

《智慧》探照灯出版社 1924 年版

《快活人生》列宁格勒国家出版社 1924 年版

《猴子的语言》莫斯科《星火》书库 1925 年版

《幽默短篇小说选集》莫斯科《星火》书库 1925 年版

《狗的嗅觉》莫斯科《星火》杂志社 1925 年版

《尊敬的公民》莫斯科土地与工厂出版社 1926 年版

《困难时期》1926 年版

《美国广告》1926 年版

《阿波罗与塔玛拉》1926 年版

《可怕的一夜》1926 年版

《母鱼》1926 年版

《宣传鼓动家》1926 年版

《套鞋》1926 年版

《沙皇的靴子》里加 1927 年版

《鬼晓得这是什么》里加 1927 年版

《快活人生》巴黎 1927 年版

《夜莺唱的是什么》巴黎 1927 年版

《尊敬的公民》巴黎 1927 年版

《轻松的故事》柏林 1927 年版

《夜莺唱的是什么》国家出版社 1927 年版

《脾气暴躁的人们》哈尔科夫无产者出版社 1927 年版

《我们生活的日子里》里加 1928 年版

《清醒的思考》里加 1928 年版

《丽雅尔卡 50》里加 1928 年版

《魔鬼》里加 1928 年版

《可靠的标志》里加 1928 年版

《您笑的是谁?》土地与工厂出版社 1928 年版

《短篇小说集》巴黎 1928 年版

《致作家的信》列宁格勒作家出版社 1929 年版

《选集》哈尔科夫无产者出版社 1929 年版

《左琴科选集》第 1、2、3 卷，浪潮出版社 1929 年版

《左琴科选集》第 4 卷，1930 年版

《新短篇小说》《星火》文库出版社 1930 年版

《多余的人们》联邦出版社 1930 年版

《选集》哈尔科夫无产者出版社 1930 年版

《左琴科选集》第 5 卷，1931 年版

《左琴科选集》第 6 卷，1931 年版

《短篇小说选》作家出版社 1931 年版

《选集》列宁格勒国家文艺书籍出版社 1933 年版

《左琴科选集》列宁格勒作家出版社 1934 年版。

《个人生活》列宁格勒国家文艺书籍出版社 1934 年版

《短篇小说集》列宁格勒作家出版社 1934 年版

《短篇小说》列宁格勒国家文艺出版社 1934 年版

《短篇小说选》列宁格勒文学出版社 1935 年版

《中篇小说选》列宁格勒国家文艺出版社 1936 年版

《中篇小说选》1936 年版

《短篇小说选》列宁格勒国家文艺出版社 1936 年版

《短篇小说》列宁格勒由文学出版社 1937 年版

《中篇小说选》列宁格勒作家出版社 1937 年版

《闪光的不都是金子》里加 1937 年版

《可怜的丽莎》里加 1937 年版

《1935—1937 短篇、中篇、小品文、剧本、评论》列宁格勒文学出版社 1937 年版

《短篇小说 1937—1938》列宁格勒作家出版社 1938 年版

《选集》列宁格勒国家文艺出版社 1939 年版

《短篇小说》列宁格勒国家文艺出版社 1940 年版

《短篇小说》军事出版社 1940 年版

《左琴科中短篇、小品文及戏剧集》1940 年版

《与读者通讯选》《文学同时代人》1941年第3期

《小品文·短篇小说·中篇小说》列宁格勒出版社1946年版

《短篇小说》莫斯科《星火》杂志社1946年版

《作品选》列宁格勒文学出版社1946年版

《1923—1956短篇小说中篇小说选》苏联作家出版社1956年版

《左琴科中短篇小说及杂文集》莫斯科1958年版

《左琴科中短篇小说》1959年版

《左琴科未发表的短篇小说、杂文和喜剧集》1962年版

《左琴科1920年代短篇小说》BRADDA1976年版

《左琴科作品选·两卷集》列宁格勒文学出版社1978年版

《左琴科杂文选》1979年版

《左琴科1923—1956中短篇小说及杂文集》明斯克高校出版社1979年版

《左琴科作品选·两卷集》明斯克高校出版社1983年版

《左琴科作品选·三卷集》列宁格勒文学出版社1986年版

《左琴科：忏悔》莫斯科1987年版

《左琴科：青春复返，一本浅蓝色的书，日出之前》列宁格勒1988年版

《左琴科：一本浅蓝色的书，中篇小说》基辅《第聂伯河》文艺出版社1988年版

《左琴科：致作家的信，青春复返，日出之前》莫斯科1989年版

《左琴科：尊敬的公民》俄罗斯中央书局出版社1990年版

《左琴科：青春复返，日出之前》莫斯科消息出版社1991年版

《左琴科：一切皆空》莫斯科俄罗斯书籍出版社1993年版

《左琴科作品选·五卷集》莫斯科1994年版

《左琴科：1920年代作品集》圣彼得堡2000年版

2. 俄文单行本：

《丁香花开》作家出版社 1930 年版

《米舍尔·西尼雅金》作家出版社 1931 年版

《回忆米舍尔·西尼雅金》柏林 1931 年版

《青春复返》列宁格勒作家出版社 1933 年版

《一个人的经历》列宁格勒作家出版社 1934 年版

《一本浅蓝色的书》列宁格勒作家出版社 1936 年版

《可笑的游历》《星火》书库 1936 年版

《不光彩的下场》列宁格勒文学当代人出版社 1938 年版

《塔拉斯·谢甫琴科》列宁格勒作家出版社 1939 年版

《聪明的动物》列宁格勒儿童读物出版社 1939 年版

《列宁的故事》莫斯科—列宁格勒儿童读物出版社 1939 年版

《最重要的》儿童读物出版社 1940 年版

《狡猾的与聪明的》儿童读物出版社 1940 年版

《日出之前》纽约 1973 年版

3. 中文译本

《左琴科幽默讽刺作品选》顾亚铃、白春仁译，外语教学与研究出版社 1981 年版

《丁香花开》吴村鸣等译，漓江出版社 1984 年版

《一本浅蓝色的书》吴村鸣、刘敦健译，长江文艺出版社 1984 年版

《日出之前》戴骢译，百花文艺出版社 1997 年版

《一本浅蓝色的书》靳戈译，百花文艺出版社 2000 年版

多余的话

——译后补记

三十年前写硕士论文蹭学问时，就是解析左琴科 20 世纪 20 年代的几个幽默中篇小说。说不出来为什么，反正喜欢他，哪怕在“左琴科式人物”身上依稀看到自己的影子，仍然兀自傻乐傻乐的。

二十年前写博士论文做学问时，虽几度摇摆，最后还是归到左琴科这里。十来万字的篇幅，尽够把作家从头到脚里里外外撸个遍。

说起来，在中国搞俄苏文学的人眼里，左琴科绝不是个陌生人。1928 年，一直大力倡导“中俄文字之交”的鲁迅先生，在为曹靖华先生翻译的左琴科短篇小说《贵家妇女》（即《贵族小姐》）撰写的《译者附记》中，翻译了左勤克（鲁迅先生译）小传，此后在他“绍介进来，传布开去”的“多得很”的俄苏文学作品中，屡屡看到左琴科的名字。1946 年，举世闻名的“日丹诺夫报告”之后，尽管作家左琴科倒了大霉，客观上却使他成为中国乃至世界俄苏文学研究中一个跳不过去的焦点。不管怎么说，无论正面的译介提点，还是反面的批判贬损，结果是 20 世纪改革开放之后，在中国，左琴科的知名度和译介度都是他同时代作家中相当高的。他大大小小、长长短短的作品几乎都有了中文版。

说几乎，是因为左琴科最重要的三部曲的第一部《青春复返》却没有人翻译。当年做博士论文时，只能是将小说文本粗枝大叶地捋捋，在里面挑拣些派得上用场的材料交代过去而已。此后每每逛书店，总要留心找找，后来互联网通达了，亦时不时上网搜搜，只不过关注一直无果，空缺造成缺憾，心里空落落的。

前两年，老同学汪剑钊教授邀我参加他主编的“金色俄罗斯丛书”的翻译工作。翻看入选书目，业内人都知道，部部都是叫好，甚至叫绝，然而委实不叫座的俄国文学两百年间的经典扛鼎之作。私下里不由对出版丛书的四川人民出版社服气。凭良心说，这年头有眼光的人不少，可像这家出版社这样有胆气有担当，能肩住滚滚商潮的，不敢说绝无仅有，确实不多。

不仅服气，更有感激。尽管生性不喜欢感谢天感谢地的表白，终究不吐不快，故另辟一块自留地，耕犁则个。

投笔起身，窗外乌漆抹黑的夜幕已经落严实了。

李莉

2019 年 9 月 29 日于杭州二不轩